ちくま文庫

友だちは無駄である

佐野洋子

筑摩書房

目次

友だちは無駄である

子どもって、たいへんだったなぁ

友人を必要としない人もいる

（顔）人間というのは、生まれて来る時は一人で生まれて来るわけでしょう。で、すぐまわりにいるのは母親であるとか、おとなだよね。だから赤ん坊の時にいくら産院に同じようなのが、ザーッと並んでいても赤ん坊の間に友情があるとは思えない。人間は何歳かわかんないけど、子どものころに友情というものがはじまるんだと思うんだけど、いちばんはじめに、だれかをお友だちだと思ったというのはいつごろまでさかのぼれる？

（顔）あなた、生まれて記憶のいちばん最初にお母さんの顔が思いうかぶわけ？そばにいた人として。

（顔）思い起こしてみると、回りにおとなばかりいたという記憶だよね。なにしろぼくは一人っ子だから。

私ね、親の顔なんかぜんぜん思いうかばないのよ。子どもの時に私のそばに兄さんがいたわけ。顔とかの近さがぜんぜんちがう。皮膚の接触面積も時間も濃さが問題にならないくらいなんだよね。なにしろかんだりころげ回ったりつねったりたたいたり、ひっきりなしじゃない。父親が帰って来るととびついたり抱いてもらったりするけど、なんだか親って、点、点につながっているみたいなんだよね。

それは何歳ぐらいから?

何歳って、生まれた時からずっといたわけでしょう。記憶のはじまりからずっとそばにいて、気がついた時はおとなよりも兄弟の兄さんがいたんだよね。私たちは別に孤児じゃないから、両親はちゃんといて、ちゃんと機能していたのよ。でもそれは兄さんや私のうしろにひかえていて、とても安心出来るものだったけど、兄さんより遠景に見えるのね。とても対等なものではない。ずっーと一緒にいたっていうのは、ずっーと何か一緒に遊んでいるわけ。兄さんとはけんかしたりなにかして、それの延長として友だちというのになったんだろうと思うんだけど、だんだん、肉親と友だちがちがうって気がつくんだよね。でもそれはすごくあいまいな感じがする。

兄さんってはじめから意識していたわけ？

「お兄ちゃん」と思っていたわけ。そこにそういう顔した人がいるわけ。

いちばんはじめに兄さんと何かして遊んだ記憶はいつだった？

何がいちばんはじめか憶えてないね。
おぼろのころからだからずっーと。

中国にいて庭の中に兄さんといて、何年もっていうか、子どもの一年がどれくらいかわからないけど。

その庭の中っていうのは、ぼくは中国行ったことないから、日本のうちと多分ちがうんだろうと思うんだけど、日本のうちだと昔は都会でも生け垣になっていて、隣の家とつながってるって感じなんだけど。

あのね、もうでっかい箱の中にはいっているって感じなのね。胡洞っていうほら、奈良なんかに行くとお寺のへいの高いのがあるじゃない。あれくらいの高さの泥のへいにずっと囲まれていて、門があって、すき間がないわけ。門はいつも閉まっているわけ。だれかが来るとあけてまた閉めちゃう。だから、ずっとそこにいた。

そこに自分の家族だけいた?

そう。

じゃあ、外との接触はなかったわけだ。

そう、今考えると密閉容器の中にいたんだよね。そのうちに、隣にもらいっ子がもらわれてきて、女の子だった。

それも日本人だった？

そう。そこにひさえちゃんっていうすごい美少女がもらわれてきた。一つ年上だったけど。それで毎日遊ぶんだけど、なんでだか、私その子に友情感じなかったのね。

ちょっとちがう人って感じで。それが他人だからちょっとちがう人っていうんじゃなくて、なんていうか、文化がちがうのね。そこのおばさん、昔芸者さんとかで三味線ひくのね。おじさんちょびひげなんか生やしていて、顔なんかもぴかぴか光っていて、ニッカーボッカーのスーツなんか着ていて、靴にボタンがついている。その子も三味線に合わせて唄うたったりするの。その子何か立居ふるまいがちがうの。四歳か五歳で手のひらそらしたり笑う時おちょぼ口したりするの。それがおとなのまねじゃなくて、かわいい女の子にちゃんとなっているんだけど、私、ひさえちゃん、子どものふりしているって思っていた。多分ひさえちゃんがはじめての友だちだったと思う。

それから、他人の同じくらいの女の子をすごく求めた記憶が二回あるの。一回は指にケガして病院に行ったらね、私と同じくらいの年の子が、花だんのところにしゃがんでいたの。そこにしゃがんでいた女の子がね、すごくすてきに思えたのね。女の子だっていうだけで、すてきに見えたわけ。

(ぶ) いくつぐらいの時?

四つだったと思う。

私は、そばへ行って友だちになりたいわけね。それで、そば行ってしゃがんで「あんたいくつ」ってきくわけ。名前なんかきかなかったと思う。いくつかっていうことにだけ興味があったのね。

四つだったのね。それで同じだったっていうことがすごくうれしかった。その時は、もう友だちが出来た、永久に友だちになれるって思うわけなんだけど、きっとそれは五分とか三分とかで母親に手引っぱられて帰ったんだけど、もううしろ髪を引かれるっていうか、未練というか、無念というか。その時、自分の中に同性の友だちを求める気持ちがあるって気がついたわね。

でもそのころだってお兄ちゃんと遊んでいたわけでしょう？

だけど、それは友だちは一人いればいいもんじゃなくて、いろんな友だちが欲しいんだと思うのね。

それから、もう一回はね、電車、北京《ペキン》にチンチン電車が走っていたのね。子どもだから、うしろ向きにくつぬいで外見るわけ。すると向こう側の電車が来たわけ。そして電車が止まった時に、ちょうど向こうの向かい合わせの窓と窓つき合わせて、向こうにもちょうど同じくらいの女の子が座っていたの、すごくうれしかったのね。そして私こっちから手だしたら、向こうの子も手出してきて握手したわけ。

窓越しに。

そう。そしたら、父親が「危い」ってすごくおこったの、手がちぎれたらどうするんだって。親ならあたりまえよね。だけど私は手をはなしたくないわけ。そして、ほんとうに何秒って間にすれちがって行ったのね。その二つのことが、私が友だちを求めたって記憶なのね。

その時も四歳か五歳だったの？

うん。あなたそういう経験ない？

うーん、ほとんどないな。

あなた毎日、何していたの？

だいたいぼくは幼稚園に上がるまでは、ほとんど同年代の友だちってのはいなかったね。もちろん、父や母の友だちの子どもが家に来て一緒に遊んだことはあったと思うんだけど、あまり記憶にないし、あなたのように友だちが欲しいって思ったことはないと思うね。

それで幼稚園にはいるでしょ。幼稚園にはいるとまがりなりにも友だちが出来るはずなんだけど、ぼくは幼稚園の友だちはまったく記憶になくて、記憶にあるのは女の先生だけなの。

いやらしいのね。

それも若いほうの女の先生。で、そのひざの上に抱かれたりしていたの。それで友だちとはあんまり遊ばなかったらしいんだよね。

今考えて、どうして自分が友だち欲しがらなかったんだと思う？

そんなの生まれつきなんじゃない？　まったく。だいたい一人っ子というのは家で一人で何かしているっていうのが結果的にはいちばん多いわけなんだよね。

それはね、あなたの場合の特殊な例かもしれなくて、うちの子も一人っ子だけど、四つくらいの時、公園へ連れていったんだよね。砂場で知らない子どもたちが遊んでいてね、うちの子ウルトラマンの人形持っていたの。それを高くかかげてね、砂場の子どもの回りを「ウルトラの父がいる、ウルトラの母がいる」とかうたいながら一まわりしたの。それでごく自然にその集団にすべりこんでいったのね。

だから、一人っ子が友だちが必要ないっていうのが一般的っていうわけじゃない。

うん、あれ五つぐらいだったかな、親しくしている家族がいてね、ぼくより一つ年下の妹と、二つ年上の兄貴がいて、それが、ぼくの学校以外の唯一の親しい友だちだったわけ。ある夏、その子たちと鵠沼《くげぬま》に行ったことがあるの。鵠沼にも同年輩の子どもたちがいて、グループで遊んだけど、その時に残っている記憶は、やっぱり、すごい一種の不安感と恐怖感みたいなもの。

何が不安で、何が恐怖なの？

つまり、同年輩の外の子どもたちがいることに違和感があるのね、つねに。一つは、ぼくは心臓弁膜症で、海にはいると息がつまったりしていやだったりして、海にはいるのが恐くて気味が悪かったということもつながっているんだけど、一緒に行った一つ年下の女の子なんかが泳げて、海の中で水をひっかけたりするのが、すごくいやだった。

そういうのはおもしろいもんなのよ。

うん、だから、ぼくは最初っから、そういう友人というものに対して一種の違和感ではじまっているみたいだから、友だちと一緒に遊んで楽しかったというのは幼児のころにはまったくないね。

楽しいとか楽しくないとか打算なんかなくて、いれば寄っていくって。

だから、ぼくはいれば寄っていかなかったんだよ。

あなたは子どもじゃなかったのかしら？

それはぜんぜんわかんないね、自分じゃ。

それが、自分の人間形成にどういうふうに影響して来たかわかる？

それはおとなになってからね。それもごく最近になってからだよね、自分に、ほとんど友人が必要ではないんじゃないかと。それが、人間形成や、仕事や生き方に深くかかわっているということを意識したのはね。だって、それまでぜんぜん不自由しなかったんだもの。
おとなになってからもほんとうに親友が必要だと思ったことがないと思うね。

それは、きっと猫がずっと、生まれつき猫やっていて、それで不自由しないっていうのと同じじゃないの？

そうそう、そうだと思うね。

あなたは病例として研究したほうがいいかもしれないわね。だけど、友だちを欲しがりすぎるのも病気ね。

三角関係のバランスを学習したころ

お兄さんと何して遊んでいたの？

なんでもしたよ、お医者さんごっことか。

ハア。

あれは、あなた、兄であるとか友であるとかっていうのとぜんぜんちがうものが発生するね。

まあ、お医者さんごっこの話はあとでするとして、あなたは兄さんと何して遊んでいたわけ？　なんとなくじゃれあったりころげまわったりすることが、いちばん基本的な友だちの意味でしょう。ぼくはそういう記憶がないわけね。

小学校に行ってから友だちが肩組んで来るとそれが生理的にいやで、肩を組みたくないって人間だから、小さい時、犬っころみたいにころげまわっているなんて、あんまりしてないんじゃないかと思う。

あなたはどうしていたわけ？

夜ねる時は必ず手つないでねるの。昼ねする時も手つないでねるの。私がママごとやれば、兄さん一緒にやるし、兄さんが電気機関車で遊ぶと、私はそばでじいっと見て、線路つなぐの手伝ったり。線路つなぐのは手伝わせてくれるんだけど、あとはさわらせてくれないのね。それでも、ワクワクして電気機関車が走るの見てるの。こわれたりするとハラハラして困ったりね。

じゃあ、男の子の遊び、女の子の遊びなんて区別なかったの？

なかったと思う。

一緒に遊んでいてつまらないと思ったことないの？

ぜんぜんなかった。私なんでも兄さんのまねしていたんだと思う。まねって、遊びのはじめっていうか、もうまねするために一日がはじまる。朝起きて窓ガラスに氷の模様がついているのね。兄さんがそれを感心していると私も感心しなくちゃいけないと思って、そのうちほんとうに感心するようになって、その模様一枚一枚ちがうのね。すると自分で、どれがいちばんきれいかわかるようになって、二人でいちばんきれいな模様をとりっこして、自分のものにした証拠に、その模様をギーッて、つめでひっかくの。そしたらもうけんかがはじまるのね。

そうやって一日がはじまって、それからずーっともうひっついて回っていた。ぜんぜんつまんないなんて思わなかった。

それも特殊な病例じゃないの(笑)。

あのね。遊んでいるうちにあきちゃってつまんなくなってくるじゃない。そうすると自然にけんかになるのよね。そうすると今度はけんかに夢中になるのね。夢中って、それがいやでもいやなことに夢中になるんだから、いやでもないんじゃない。

それで、けんかしていると、ほんとうににくったらしいのよ。子どもって思いやりなんかないからね。向こうも、ほんとうに私のこと、にくらしいって顔してたもんね。うん、あれはなかなかいいもんだったなー。にくったらしいっての、おたがいにやるの何か充足があるのよね。

それからまたころって、仲良くなるのね。けんかしたあとの仲の良さっていうのも、おたがいに特別優しくなるんだよね。そういうことを一日中えんえんとやっていた。

そのころはお宅は二人だけだったわけ、子どもは？

弟が生まれたの。うちはとにかくお母さんのおなかが空いていたことがないってのは、二年ごとに、二つちがいの兄弟がずーっと生まれ続けてるわけよ。

じゃあ四つくらいの時には二つくらいの弟がいたわけだ。それで弟にまったく関心がないわけ？

ほとんどなかった。

でも普通だったら、弟がそのくらいになると兄さんたちと遊びたがるでしょう？

じゃまだった。私たちが遊んでいるのかきまわすわけよ。一緒に遊ぶって人間性は育ってないわけでしょう、犬とか猫の段階で。それから、一種姉ごころってのは出て来ていて、世話するのね、おとなぶって。

弟だけじゃなく友だちとしては小さい子はつまんないのね。しばらくたったらうちの反対側の家に子どもが生まれて、ヨチヨチするようになったら、その家のお母さんが私に遊んでくれっていうわけ。それがつまんないのね、遊んでやるって義務感じゃない。だから、つまんないから、私悪さするわけ。

いじめるの？

いじめるんじゃないけど、たとえばその子ははじめて生まれた子だから、きれいな人形とか、きれいなセロファンだとかたくさんあるのね、それをもってこさせるの。それで口でほおずきみたいの作ってやるって。口で吸って、こんな小さい風せんみたいのベタベタの作るのね。その子は自分がやりたいんだけど、あんた小さいから見てなさいって。知能のちがう人と遊んでもつまんないでしょう。

ふーん、じゃあ兄さんと一種ユートピアみたいに遊んでいたのはいくつぐらいまで？

うーん、兄さんが幼稚園に行くまで。私兄さんの幼稚園ついていったもの。兄さんはそこで外界と接触して外の世界を作ったと思うんだけど。

兄さんが外の世界を作ったことで、一種裏切られたとか悲しかったとかなかった？

🌛 それはぜんぜんなかった。

😊 自分もあくまでも兄さんの仲間だと思っていたの？

🌛 ううん、人が差別するもの、「妹」ってのは、女のチビだから。でも兄さんも仲間の中ではチビなの。それでもひっついてビリでも参加するのね、もう一生懸命同じことやるの。木登ったりね。

😊 そうすると、今までと遊びがちがってきたわけでしょう。今までは夫婦みたいのやっていて、兄さんは外界を生きはじめたわけでしょう。兄さんと関係変わらなかった？

🌛 家の中ではぜんぜん変わらなかった。子どもがね、外で遊ぶっていうのは友情ってものではないのね、情がつながるってものではないみたい。その場その場で発散して、その場で終わる、いってみれば、天気みたいなものね。あとで考えて、ある友だちと、しみじみと情が通いあったってものではないみたい。一瞬一瞬、燃えつきるのね、意地悪いことも、ちょっとしたやさしいことも。

兄さんのほうはどうだったのかなあ。

わからない。

兄さんが幼稚園に行っている間は何してた？

迎えに行ったりしてた。ただひたすら兄さん待ってたんじゃない？

兄さんは幼稚園に行って新しいグループの友だちと遊んだりしなかったの？

兄さんも幼稚園だけの友だちだったんじゃない。幼稚園の友だち連れて来たりしなかったもの。ただ、そのころになると、行動半径がひろがって近所の子と遊ぶようになって、そのグループと毎日夕方まで遊んでいたわね。

ただ父親の友だちの子どもが遊びに来て、それは友だちって感じで、生まれた時から今にいたるまでつき合いがある人がいるわね。その中に兄さんと同じ年の子がいて、その子は兄さんの友だちとしてつき合っていたわね。私はその子が好きだったの。それで、その人のお嫁さんになりたかった。四歳か五歳にして私はそこで三角関係のバランスっていうものを学習したわね。三人いると、正三角形というものが出来ないのね、どうしても二対一になる。私はお嫁さんになりたいくらいだから、その子のそばにくっつきたいわけ。その子一人っ子だったから、私と組みになったりするのね。一瞬すごくうれしいの、もうホクホクするのね、夢見ごこち。私に新しい鉛筆くれたりするの。すると夢からさめるのネ、兄さんがうらやましそうな目しているから。

私は一本ずつ分けようと図々しく提案したりする。その子もけちだから、私のとりあげて、兄さんにやったりする。私すごくがっかりするんだけど、どっか安心するのね。それで兄さんに一緒に半分ずつ使おうなんていうと、向こうは孤立するの。するともうあわてて、あっちはお客なんだから、失礼しちゃいけないし、わがままだから泣くかもしれない、たいへんって思って、鉛筆はいっている箱なんかの絵をすごいなんてほめたりするの（笑）。三人でほめて、自慢するのね、これは外国のだから、北京に一個しかないんだなんて。もう気持ちが忙しいんだから、多分三人が三様なんとかまとめようとする。

私はお嫁さんになりたいくらいその子のこと好きなんだけど、敵意もあるのね。あっちは一人っ子で、高いもんなんかもっている。一人っ子っていうのは、ゴロゴロ兄弟がいるより階級が上なのね。身ぎれいでパリパリのアイロンかかっているもの着てたりね。

するとと兄さんが突然絵描き出したりする。兄さんが絵うまいの有名なのよ。私、ざまあ見ろと思ったりする。するとその子ぐずぐずったりする。いい気味だったりね。すると、また、今度、向こうが組みになって、自分たちが年上なのを自慢して、私がチビなのをばかにして知らないことといったりする。すると必ず、その友だちが、「洋子ちゃんは小さいから仕方ないよ、六歳になれば同じになるよ」なんていってくれたりする。

あーあ、子どもってたいへんだったなあ。

♰

子どもは明日の運命を知らない。

その日その日を、そのへんのカナブンや犬ころのように生きて、遊びつかれて眠れば、次の日がはじまる。

運命に立ち向かうなんのてだても持たない。

突然、いちばんいい洋服を着せられて、はしゃぎ回って汽車にのって、見知らぬ街に住みはじめる。そして、またカナブンのように生きた。

私は五年間北京の泥のへいに囲まれた家に住んだ。今思い起こすと、地面がいやに近くにあった。私はしゃがんで地面をしょっちゅういじくり回していたような気がする。

すべてのものが大きくて、高いところにあった。母の顔はいつもはるか高いところにあり、父の顔に近づくには父をよじのぼらねばならなかった。椅子によじのぼり、テーブルなどよじのぼれなかったから、もぐりこむためにあった。父と外出すると、父の手にぶらさがらなくてはならず、私の手を握る父の手は、うちわのように平べったくて大きかった。父と母は、私にはわからないたくさんのことばをしゃべった。私にわかるのは、私の知っている「物の名前」くらいしかなかった。

いつか父と母は「ボーナス」ということばをたくさん使って話をしていた。私はナスは知っていたから、「ボー」はなんだろうかと考えた。大きなナスのような気がした。おとなは外国語をしゃべる異人種であった。突然ふすまが開いて母の足が目の前に現れると、私はその巨大さにガク然とした。

その私に、いちばんちょうどよいところに顔があり、ちょうどよい大きさの手足があるものが兄であった。私たちは私たちが理解することばを話し、私たちのからだに見合うものを相手に生きた。私たちが、おとなたちが何をしていたのか知らなかったように、おとなたちも私たちが何をしていたか知らなかっただろう。おとなと子どもは同じ人間ではない。理解など出来ないのだ。

少しずつ大きくなって、私たちは、少しずつ行動半径を広げていった。まず門をあけて、泥のへいに囲まれた路地を通って、なつめの木が四本立っている広場まで出かけて行くのは冒険であった。その広場で、私たちは中国人の水屋や床屋が来るのを見、乞食が行き倒れているのを見た。

それから、もう少し遠くの広場まで行くと、日本人の子どもたちがたくさんいた。夕方になるまで、私たちはそこで遊んだ。「あの子が欲しい、この子はいらない」などという遊びを覚え、「となりのおばさんちょっとおいで、オニーがこわくて行かれません」というのもすぐ覚えた。

あそこにいたたくさんの子どもの顔のどれ一つとして私は覚えていない。どの子も好きでもきらいでもなかった。おたがいに遊ぶ道具だった。しかし短い遊びの中に、あらゆる喜怒哀楽がつめこまれていたように思う。一日の短い時間の中で、笑って泣いて、すねて、ふざけて、そして恐怖さえあった。

友だちはたくさんいたが友情という情があったとは思われない。もっと野蛮でむき出しだった。ばか正直でもあったし、平気でうそもついた。打算のない同情心も花火のように上がり、まことしやかなスキャンダルさえ喜んだ。「カトウ君は森の神様の石に小便ひっかけたからチンポコがはれて病気になった」と私たちはワクワクして小声で話し、「バチがあたって死ぬんだって」と尾ひれをつけて、ほんとうに次の日カトウ君は死んでしまった。

私たちはカトウ君の死を悲しんだだろうか。私たちはただぶったまげたのだ。「バチ」の威力におののいたのだ。

カトウ君の葬式が行われているカトウ君の家の前の広場に集まり、ひそひそと、だれが森の神様に小便をひっかけたかさぐり合い、じいっと半ズボンの真ん中を見ていた。そしてそれがすむと私たちは昨日と同じに「花いちもんめ」をして遊んだ。

西の空がまっかになった。その時、カトウ君のお母さんが、桃色の葬式まんじゅうを大皿にのせて持って来た。私たちは、動物にむらがるハイエナのようにまんじゅうにむらがり、手をつき出した。生まれてはじめての葬式まんじゅうのやわらかさと匂い。まんじゅうは私たちによろこびを与え、軽やかな足どりで夕焼けの中を家路に散った。

私たちは特別残忍な人でなしの子どもだったろうか。

次の日から、私たちはカトウ君のことを思い出さなかったが、バチがあたる神様の石は忘れなかった。そして、森の石を遠くからながめた。

私たちは友だちだから遊んだ。（遊ぶ以外に何が出来るのだ、子どもに）。友だちだからといって、そこに友情の情があったわけではないのだ。

はじける光のようだった。

混沌とした、未分化の喜怒哀楽を裸でさらすという貴重な体験をするということが、幼児の他者との交わりなのだと思う。

肉親ではない他人を求める時

いじめられたこと、よかったと思ってる

あなたは小学校どこではいったの？

大連《だいれん》。大連というのは、もう満鉄《まんてつ》の町なのね。アカシアの並木の大通りにずらーっと西洋風な住宅が並んでいて、日本人がドーッと住んでいて小学校もレンガ造りの立派な学校がたくさんあるの。

もう通りに出ると日本人の子どもがむらがっているのよ。学校の中の交友関係と近所の交友関係がぜんぜんちがうのね。学校は同じ年で、横並びでしょ。家へ帰って来るとピラミッド型のたて社会なわけね。男のボスも女のボスもいるの。そこで私、さんざんいためつけられたのね。

もう毎日が地獄だった。

なんだか知らないけど、女のボスが私を目のかたきにするのね。すると私オドオ

ドするわけ、子どもってオドオドすると、もう確実にやられるわけ。私、兄がいじめられているとこん棒もって、大勢のけつをぶんなぐり歩くくらい気は強いのよ。だけど、その女ボスがいるととたんにオドオドする。そうすると、私をいじめるのがはやるわけ、もうにわとりの集団と同じよ、序列ってものが出来るのね。ふり返ると、いじめるにわとりがいるわけよ。

具体的にはどんなことするの？

たとえばね、鬼が向こうむいて、「ダルマサンがころんだ」っていっている間に、こちょこちょっと動くわけ。鬼がふり返った時に動いていると、つかまるの。その女ボスね、きまって、最初に「洋子ちゃん」っていうの。私ぐずじゃないから、そんなわけないの。だからはじめは大胆にやってたんだけど用心して、ソロッとやるのね。それでも「洋子ちゃん」っていうの。

そのうち私、スタートからぜんぜん動かないのね。それでも「洋子ちゃん」。私

ぜんぜん動かないっていってもだれもいうことききかないの。その屈辱っていうか口惜しさっていうか、腹立つのよ。それでも、私、すねて帰ったりしないのね、わがままじゃないから。そのうちに私をぜんぜん無視するの、今のシカトね、これはきついのよ。

もう一晩中考えるのね、明日どういう態度で出て行くか。わざとへいちゃらがいいのか、そうっと目立たないように出ていくか。もう身も心もヘトヘトって感じなんだけど。

ある夕方、敵方は私を外して何かまるくなって遊んでいるのね。親が弟をさがして来いっていうの。私外へ出たくないのね。それで、物かげから物かげへさっと動いて、弟を呼びたいんだけど声が出ないの。で、敵はなぜか私が物かげにいると全員知っていてね、それで、ゆっくりいっせいに物かげにいる私を見るの。その目つきがすごいんだから、もう同じ制服みたいな目つきなの。それで、「あんなところにかくれていても見えるんだから、バーカミタイ」って感じが伝わってくるのね。

その女ボスっていくつくらい？

忘れたけど四年生くらいかな、もう六年生になると姉さんぶって、少女っぽくしていたからね。私覚えているの、その時の感じだけなのね。その女の子の顔も名前も思い出せない。ジローッと見られた時のヒヤーッとする感じ。

ずーっとそうだったの？

ううん、終戦になっちゃったら、もうそれどころじゃなくなっちゃったね。子どもも忙しくなったのよ。私なんか、ロシア人相手に南京豆売ったり、タバコ売ったり、勤労少女ですよ。

でもね、私、思うんだけど、終戦にならないで続いていたら、私じゃないにわとりが当然でて来たと思うのね。その時、自分の痛ましい経験を生かして、いじめグループにはいらないでにわとりをかばったかと思うと絶対にちがうわね。当然いじめグループの中でジローリって目つきを学習して、いじめグループにはいっていたと思うの。でね、そのボスも同じだったんじゃないかと思うの、いじめられる痛みを十分知っていてやってたんだと思うの。でも快感ももちろんあるのね。わかっちゃいるけどやめられないのよ。

女の子の中にぼくみたいにいい子はいないわけ？

育ちがよくて、美人でやさしい子？

そう（笑）。

いた。

そういう子もいじめられる？

ううん、そういう子は、つねにニュートラルな立場でいじめられもしないし、たいしたポジションもないの。じゃまじゃないけど、おもしろくもないのよ。安全なの。

じゃああなたは、オドオドしてても安全じゃないものを表現している子どもだったんだ。

そうかもね、子どもってカンがいいから。あのね、はじめはオドオドしてるからじゃなくてね、いじめられるとたんにオドオドする。そうするとオドオドが原因になるって構図で、エスカレートするの。でね、戦争が私たち子どもにとっても不幸だったのはね、そりゃ食い物がないとか、引き揚げるまでの苦労とかは当然なんだけど、とにかく全部の子どもが、全部バラバラになって消息が一人もわからないのよ。

友情っていうのはある種、持続が絶対に必要でしょう。私をいじめた子だってもうちょっとたてば、おとなしい少女になったかもしれないし、ほんとうに仲よくなる人もその中から出て来て、そのころのこと笑い話になったかもしれないじゃない。幼なじみってほんとうはすごくなつかしくて安心なものなのよね。とても残念に思うの。

私ね、いじめられたこと、よかったと思っている。いじめた子のこともイキイキしていたなって思う。ちゃんと子どもやっていたというか。

今になって、人とつき合うことのデッサンだったんだなあって思えるもの。もう一回いじめられてもいいなあ——。

もの好きなんだねェ。

ううん、もうあんな爪の先から髪の毛の先までの口惜しさとか屈辱、純粋に味わえないもの。おとなになって知恵つきすぎて。

一生うらむとかじゃないのか。

ぜんぜん。顔忘れたけど好きだよ、今は。

友情を育てるために遊んでいるんじゃない

でもね、ちょっと許せない、今でも許せないって思うことが別にあるんだけど。あのね、小学校一年生の時、クラスにちょっと変わった子がいたの。多分目が悪かったのね。厚い眼鏡かけて、少しもたついていて、口もあんまりきけないっていうか、じっとしてるっていうか。私は、そういう子がいるなって思っていて、別にいじめるとか、積極的にはかかわっていなかったのね。体も弱くてよく休んでいたの。だけど、その子の悪口をいう子がいたの。私ハンディがある人をいじめるのなんだかやだったのね、だからって特に親切したわけじゃないんだけど、それで、その子が急に死んじゃったの。私また、おったまげるわけよ。へー、死んじゃったのかって。そしたらね、その悪口いっていた子が、真ん中にいてね、まわりに人集めて、さも、まことしやかに、お葬式のようすを説明してるのね、多分近所か何かで家が親しかったのかもしれないわね。

そのようすが、なんだか、そのへんの主婦みたいなのよ、ハンカチなんか出してね、目なんか押さえているの。

「かわいそうに、まだ七歳よ。うちのお母さんいってたわ、××子ちゃんは生きている時からホトケサマみたいだったって。死に顔みたわよ、かわいそう」ってまたハンカチで目ふくの。「お人形さんのようにきれいだったのよ」。私このインチキ野郎って思った。その死んだ子、いくら奇蹟が起こってもお人形さんのようにきれいになるって思えない子だったのよ。

私、そのふだん悪口いってた子が、「お人形さんみたいだったのよ」っていったことで、そのハンディのある子の死をけがしたような気がした。

そうするとまた、それがパーッと伝染するのね、その主婦みたいな子のようすをみんながマネするの。「お人形さんみたいにきれいだったんだって」。私、クソッと思ってマネするの絶対にすまいと思った。あの子、ませていたのねェ、ああやっておとなの女のマネしておとなの女になるのかなあってずっと思っていた。

あなたがちょっと変な子だったのかもね。それはその子のせいっぱいの友情だったんじゃないの。世の中の学習ってそういうところからはじまるんで、いろいろな学習があるってことなんじゃないの？

そうかなあ。うーん、そうなんだろうなあ。

あなた、今でもそういうところ七歳のまんまね。

友情というものは中学生くらいになって、ある種自我が発生して、親からはなれようとする時に、強く求めるもんだと思うわけ。肉親ではない他人というものが必要になった時、友だちが欲しくなって、それで人間はおとなになってゆくということだと思うの。友情というならば中学生以後にならないと発生しないと思うし。

幼稚園や小学校で友だちが出来たから、友情があるとは考えてはいけないということ?

幼年時代の友だちは、友だちであって情はないのよ。そこにあるのは、もっと動物的な生命体というもののぶつかり合いがあるんだけど、幼児といっても人間であるから、喜怒哀楽がピュアーにあるでしょう。基本的な感情を学ぶということは、幼児ですでに学習すると思うのね。
だけど、それは友情を学習したことではないと思うのよ。でもそれが友情になるにはある年月をかけて生き続けて、幼年時代がともにあったということがとても生きて来て、おとなになってから出来た友だちとはまた別の濃密な友情が出来ることはあると思うのね。でも幼児の時の友だちは友情ではないと思う。

子どもってさ、遊ぶよりほか何もすることがなくて、体がやたら動いちゃうわけでしょう。もう遊ぶってのが本能じゃない。他人が道具として必要なわけ。生きているから、おもちゃよりもいいのよ。友情を育てるために遊んでいるんじゃないのよ。結果として、そこでいろんなことが行われるんだけど、そこで、心優しい関係だけが発生するんじゃないんだよね。

学ぶものは、人間の基本的な闘争心であるとか、嫉妬心であるとか、本能的に弱い子をかばうとか、強いものから自分を守るとか、卑屈になるとか、生きる手だてとか、大げさにいえば人生にたち向かう態度みたいなものを覚えるんだよね。

よく親が仲よく遊びなさいっていうけど、あれは仲よくすることで何を要求しているんだろうね。

そうよね。友だちが出来ないって、親はとても心配するわね。けんかするとうるさいしね。

いや親もわかっているんだよ。ある種、社会訓練として、子どもは生《なま》の感情を抑制することを覚えなくちゃいけないとか。

ただ、たとえば、肉親とか、家族関係から疎外されて、血縁に頼らずに生きていかなくちゃならない子どもね、敗戦後の戦災孤児とか、貧乏で、親がぜんぜんかまってくれない子どもたち、他人の助けなくしては生きていけない一種、極限情況におかれた子どもっていうのは、うんと小さい時から友情を必要としたかもしれないね。

そうかもしれないね。

中学にはいってかわっちゃう

子どもっていうのは、わりと生の感情で生きて来ているわけじゃない。そのう

ち、ませた子は、おとなの口まねをして、その生の感情をコントロールするとか、年長の人から感情教育というものを受けてね、それをまねすることで、ある種、友情とはこういうもんだっていうことを学んでいくようなこともあると思うんだけど、あるいは物語とかからね。あなたは生の感情だけでやって来たわけ？

知的でなかったからね（笑）。中学の時なんか、武者小路《むしゃのこうじ》実篤《さねあつ》の「友情」とか、ヘッセの「デミアン」とか、下村湖人《しもむらこじん》の「次郎物語」とか読んだんだけど、私は、何か、書かれたものと現実はちがうと思っていたのね。だから、そういうものに理想を求めるっていうタイプじゃなかったみたい。

あなただって、どこかで、子ども同士の裸の感情のぶつかり合いから、もうちょっとおとなの世界にはいってきたと思うんだけど、そういう過程はどういうものなの？

中学にはいったわけね、中学生になると子ども自身が意識をガラリと変えるわけね。私はその意識を変えるのにのりおくれたの（笑）。

中学生としての自覚が足りなかったわけね（笑）。

だって、小学校の卒業式まで友だちは、追っかけっこしたり砂ひっかけたりしていたのが、中学にはいった日から黒い長ズボンなんかはいてさ、同じやつが、ぜんぜん、そういうことをしようとしないわけ。

そんなにはっきり変わった？

そう。それで私はそれが不満で、なに、あんたたち、急に気取るなよって感じがあって、しばらく続いたみたい。だから、私は、自分の意識を立場によって変えるのが苦手な人だったのね。

ぼく小学校五年の時ね、フクシマ君というのがいてね。名前だけはよく覚えているね、ぼくは(笑)。どっかから来た子でね、その子がね、ある時、話しながらね、ぼくのはずれている学生服のボタンをかけてくれたわけ、それがぼくにはすごくおとなっぽく見えてね。ゆとりがあるわけ、それが不自然じゃなくてね、そのことが、子どもの世界とちょっとちがうという記憶があるのね。その子がどうしてそういう仕草を覚えたのかわからないんだけど。おとなのしつけもあるだろうし、おとなの礼節というものを覚えるんだよね。

ぼくの時は中学は五年生まであって、中学一年と五年生というのはまったくおじさんと子どもなんだよね。ぼくがいちばんびっくりしたのは学校におじさんがいるってことなのね。向こうから見ると自分のむすこみたいなわけだよ。それに軍事教練もあったから、ぼくたちの時ははっきりした変化があったけどね。そういえば「稚心《ちしん》を去れ」なんて、よく教師にいわれていたなあ。

あなたは、だますなよ、インチキっていうのをどうやって克服していったの？

だれもそのようには相手にしてくれなかったんだもの（笑）。それに中学生になると、同じクラスに男と女がいてもはっきり男と女に別れちゃったんだよね、それに女の子はグループを作るのよ。
だけどね、私、小学校の時には男の子とはたしかに友情っていうものを持っていたわね。私はね、男の子があこがれるタイプじゃなかったわけ。あこがれるタイプに男の子お近づきにならないの。そのおかげでとても話しやすくて、男の子たちとそういう自然な関係を持てたのね。それが中学はいったとたんにコロッと知らん顔されると、これはずっこけますよ。だけどまあ納得したわけ。それでませた子は、あの子が好きだとか恋心なんか持ちはじめるしね、もう性の対象になっていったのね。

あなたは、そのころから、男の子をついお友だちにしてしまう人だったのね（笑）。

あら、私だって友情とは別に好きであこがれていた男の子はいるわけよ。ちょっともどるんだけど、私、小学校五年の時に転校して行ったのね。転校して行くともう儀式みたいにはいって来たやつをいじめるわけ。それでね、はいった日に書き取りの試験があって、私一〇〇点だったの。それで、班長も一〇〇点だったの。そしたら、その班長が私の紙をじいっと見たの、その時やばいって察知したわけ。

昼休みになったら、その子が外へ出ろっていうの。その時、私、観念したわけ、なぐられるなって。理不尽とは思わないの、これは運命だと思ったの。そいつは私を裏の土手へ連れてって、松の木に押しつけてベンベンって両つらはったわけ。それで普通だったら女は泣くらしいんだよね、私泣かなかったの。そいつもなぐって泣かないもんだから困って、くるってうしろ向いて土手下りはじめたの。仕方ないから、私もすぐ土手そいつのあとから下りてね、二人で並んでげた箱に靴なんか入れてさ。

そいつ教室に帰ったらクラスの男の子に、「こいつなぐっても泣かないぜ」っていうの。それで「試してみろ」ってほかの男の子にいうわけ。それで男の子がバーッて集まって来て教室のハメ板のところに押しつけて、かわるがわる、みんなが、ベンベンベンって私のことやったわけ。それでも私は泣かなかったの。口惜しかったけど。

そこで、ある種の男とか女とか越えたもので、最初になぐった子の尊敬を得たんだと思うの。それで私その男の子と何か友情みたいなものが成立して、何かの時かばってくれたりするようになったのね。

私、何回も転校していたから転校ずれしていて、そこでオドオドしたら、あとでやばいって、本能的にわかるのね。だから平気で男の子に口答えしたりするのね、そういう女の子って腹立つじゃん、だから、またなぐられたりするのね。

だけど最後になぐらなくなったのはね、小学校五、六年の男の子ってほんとうに野蛮じゃない？　私もいやな女の子でさ、それを先生にちくったりするのよ。そしたら野球のピッチャーで、ボスの男の子がね、「ちょっと来い」って、全身、なぐらずにおくものかって雰囲気で低めの声でいうの。これはやばいって思ったのね。私も低めの声で、「ナーニ」ってすごくゆっくりいって、そいつの目をぐいってにらみつけたの。その子、ひるんじゃって、「なんでもない」って。

だから、私なぐられたんだけど、小学校の高学年はじつに元気にイキイキやっていたんだと思うのね。それで二十年ぐらいたって同窓会があったの、私は被害者だと思っていたのよ。そしたらそうでもなくて、私もけっこう男の子いじめていたらしいのね（笑）。

それ忘れているわけ？

ぜんぜん思い出せないわけ（笑）。

それでね、その時にね、すごく頭のいい、足が少し悪い男の子がいてね、それはある種、知的参謀だったんだよね。私その子とも仲よかったんだけど、それがね、私に、じつは、××や○○がおれんところにやってきて、なんとか佐野をやっつけたいって、相談もちかけて来たんだって。それで、どうするかって作戦ねって、おれが参謀やったんだって。

それが中学にはいって変わっちゃったわけね。

なんか男の学生って、急に寡黙になってうすきみ悪くなるじゃない。そうするともう完全に異性としか感じられなかったし。それに男の子と友情をもちたいとも思わなかったしね。

それで女の子のグループが出来るわけでしょ。

そう。そのグループがまたいろいろあってね、ピアノ習っている人はピアノ習っている人とか、微妙に経済的階級とか親の職業的階級とか、地域的に集まるとかがあったんじゃないかと思うのね。

ぼくたち男の中学生もグループ作るのね。すると明らかに不良グループってのがあってね、その中の一人は子どもがいるってうわさが立ったりね（笑）。
それでそのグループの一つに属するわけ？

私、そのころから自分の資質ってのに悩みはじめたんだけど、私どこに属してもいごこちが悪いの。被害妄想かもしれないんだけど、だれも私を理解しないで見当ちがいをしてるって。私そのころ体が小さかったのね、すると私を子どもあつかいする無神経な人がいるわけ、私、体小さくても無神経な人ではないわけ、お姉さんぶっている人がどんなに子どもかっていうこともわかっているんだよ。

かくれ早熟ね（笑）。

そうなの。それで、どのグループでも少し異端なのね、そのうち流浪の民になっちゃって、流浪の民はますます信頼出来ないスパイみたいになっちゃうの、それで困っちゃうのね。何がいちばん困っちゃうかっていうと、遠足の時にだれとごはんたべるかってことなの。あの時はほんとうにみじめだった。それが中学一年のときね。

そのうち、なんとなくカンがはたらいて、三年生の時は仲のよいグループが出来たの。もうそうしたらベタッと固まっちゃうわけ、多分もうほかの人を入れないくらいベタッとなっていたわね。

⚜

私の反抗期は母が教えた。私は私が反抗的であると気がついていなかった。私としてみれば、成長過程にそって、ごく自然に自己主張をしだしたのだと思うが、母にはそう見えなかったらしかった。「あんたは中学にはいって急に生意気に増長しだした」「あんな学校へ入れるんじゃなかった。あそこの学校はみんな天狗になるのよ」。

私は自分の何が生意気だったのかまったく記憶にない。すっかり忘れてしまっている。しまいには、父も一緒になって「あんな学校やめろ」といいだした。両親が本気だったかどうかわからない。その晩ふとんをかぶって泣いたことを覚えている。

私は泣きながらあらぬ空想をし、その空想がさらに涙をわきださせるのである。クラスの友だちが、みんな私を引きとめるのである。空想の中で友だちはかぎりなくやさしく、私との別れを惜しむのである。しまいには口もきいたことのない、不良っぽい体のでっかい男の子まで、私の肩に手をかけて、「佐野やめるなよ」というのである。妄想の圧巻であるから、私の感情もそこできわまった。

次の日、私は母に手紙を書いた。心にもない少女小説の主人公になったつもりの感傷的な反省とザンゲと誓いの手紙であった。私は母に見せるつもりはぜんぜんないのに、返事は絵具箱の中に入れておいてくださいと小説のように仕上げたのである。私は書いたことも忘れて、学校をやめるということもうやむやになって、ケロりとしていた。

ある日、私は絵具箱をあけてガク然とした。二つ折りにしたわら半紙がはいっていたのである。見る前から、母の手紙とわかった。「あいつだ、弟だ」。弟は時々、私の日記や、私が書いている雑記帳の冒険小説を母親に運んでいたのを知っていた。それらは二度と私の手もとにもどって来なかった。多分母は私が日記に書くことや、小説まがいのことを書くことが気に入らなかったのだと思う。

私は別に悪いことをしていると思っていなかったが、私一人の秘密であったから、それを母親が読んだということはひじょうに恥ずかしいことだった。母親に返してくれということさえ恥ずかしかった。めざめはじめた自我が、日記の中で母親や家族を批判していたのかもしれない。

今は何も覚えていない。二つ折りの半紙は読みたくなかった。母親も私におとらず、少女小説の母というか新派まがいの母を手紙の中でやっているのである。変体がなさえ、体中にまとわりつく不快感であった。内容はいい子でいるなら母さんも父さんもあなたを信じましょうというもので、私は吐き気がした。今思うとこの生理的な母親への嫌悪感というものが、反抗でなくて、なんであろう。

私は弟をにくんだ。私は弟をひきずってきた。弟はにやにや笑って、背後に母親をちらつかせて、まったく反省の色はなく、いい気味だという顔つきをした。私は弟を釈放するよりほかなかった。

せっかく新派まがいの母を演じてくれたのに、この時私ははっきり母からはなれた。もののはずみで、私も少女小説をやったのだから、火は私がつけたのだ。私はいっこうに母の気に入らなかった。私は母の期待するよい娘のイメージに合わないらしかった。母はあきらめなかった。母の攻撃は私の回りにもとび火した。私の友だちをきらった。

ほとんどその友だちを知らないのに「××さんのお母さんって変わっているわねえ、○○さんの家にいっていきなり足を投げだして、ゴメンナサイ正座は苦手なのっていったそうよ。そんなのありますか。女子大出だと思って、人をばかにするのよね」。今なら、私はぐれていたかもしれない。「○○さん、あの子、試験受けないで、コネではいったのね。だって、引っ越して来た時、あの学校どうですかって相

談しに来たのよ、あの時は試験終わっていたでしょうに」。

母が生まれつき、そういうたちだったのかどうかわからないが、少なくとも私の友だちを攻撃するのは、私が母の期待するやさしい娘ではなくなったからだと思う。親からはなれて、新しい交友関係に夢中になる私に嫉妬したのだと思う。私はそういう母親を軽蔑した。私は多分、それを上手にかくすという技術を持っていなかった。それが母を逆上させた。私の目は外へ向かっていた。私は血縁以外の他者を求めた。私はかわいくない娘だった。ひどく強情だった。ころ合いを見て折り合うことをしなかった。

私は多分中学にはいって、飢えたように友だちを求めたのだと思う。私は次々に友だちをわたり歩いた。はじめ、秀才の赤いラインがはいっている形のいいセーラー服を着たかおるさんにあこがれた。私はかおるさんの書く真四角な字をまねした。HBの鉛筆から、四Hという鉛筆に替えて、かおるさんと同じ字を書くように努力した。そしてかおるさんの家に宿題をやりに行った。

ばかでかい家でピアノがあって、家族がどこにいるのかシーンとしてわからなかった。すうーっとフスマがあいて、和服を着たお母さんがりんごと紅茶を持ってきた。かおるさんは、形のいいまゆをぎゅうと寄せて、つめたい声で、「あっち行って」と母親にいった。かおるさんも反抗期だったのだろうか。私はなんだかいごこちが悪かった。

次の時私はかおるさんを家へ呼んだ。私の家は玄関から一目で家の構造がわかる八軒長屋の一つだった。玄関はガラスのかわりにからかさに張る黄色い油紙が張ってあった。私は妹や弟を追い出した。それでも弟や妹はふざけて時々どーっと家の中をひとまわりして外へ出ていったりした。私とかおるさんは一生懸命宿題をする。そのうちにすぐそばで家の猫がゲーゲーとゲロを吐いた。私はあわてふためいて、ゲロの始末をする。かおるさんはじーっとそれを見て、「佐野さんえらいね」といった。

そしてある日かおるさんは突然別人になってしまった。かおるさんは、ものすごい美少女でおしゃれな人だった。ある日から、かおるさんは、だれとも口をきかなくなり、手をあげる時、男のようにげんこつをつき上げて、「おうっ」というようになった。そしてものすごい不機嫌になり、上ばきをふんづけて、かばんをぶらさげないで、わきにかかえて廊下を一人で歩きだした。かおるさんは自ら孤立した。私はあっけにとられて、遠くからかおるさんを見ていた。

多分かおるさんは、美少女であることを重荷に感じはじめたのかもしれないと私は思った。

中学にはいってからごく短い間、私は三人グループになった。一人は小柄でませて気取ってはきはきしていた。一人ははいってくると男の子からすぐ「馬」とあだ名がついた、顔の長い背の高い大学教授の娘だった。大学教授の娘は父親のことを「ゴローさんと呼び、高校の英語の教師の母親を持っていた。大学教授の娘は、「ゴローさんとお母さんは夫婦げんかする時、子どもにわからないように英語でするの」と自慢そうに笑って、私はぶったまげた。

「私たちが、英語がわかるようになったらロシア語でするんだって」とさらに追いうちをかける。私は我が家の夫婦げんかを劣等感をもって恥じた。彼女は英語やロシア語の自慢をしていたのではない。ゴローさんと呼ぶ父親を、ゴローさんと英語で話す母親を尊敬して愛していたのだ。彼らは親子で映画「風と共に去りぬ」を見にゆき、家に行くとたくさんの原書と「スクリーン」という雑誌があった。我が家にはない文化というものがあった。そして、その文化の中で、野蛮ではない家族の結束があったことを私は知った。

私たち三人は、ある時、子どもっぽい正義感にかられて、「何か、人のためになることをしよう」と相談した。「街をきれいにしよう」。そして私たちが思いついたのは、バケツとぞうきんと木切れを持って、電信柱にはりついているビラを洗い流すことだった。三人で電信柱の紙をごしごし落としながら、「ねえ、もしかしたら、新聞に出るかもしれないね」「写真なんかもとられて、どうして街をきれいにしようと思ったんですかなんていわれちゃって」。

私たちはいやらしい英雄的行為をして目立ちたかったのだ。しかし、電信柱は無限に立ち、風呂上がりのようにつるんとなった電信柱は次の日またペタンと何かをはりつけていた。しかしついに、私たちの善行は日の目を見たのだ。学校帰りの音楽の教師が、私たちに近づいて、「君たち、だれかにいわれてやっているの」ときいた。私たちはこの時とばかり、「ちがいます」と声をそろえて答えた。

「ふーん、えらいんだね」といって教師は去っていった。

そして、その時三人とも、なんだかひじょうにばかくさくなって、その日からやめてしまった。それをやめた日から、私たちは、なんだかたがいにくそ恥ずかしい思いがして、あんまり近づかなくなってしまった。時間がたてばたつほど、そのことをなかったことにしようとおたがいに思っているのがわかった。

ひじょうに短い友情だった。そして中学生というものは、じつに不気味に豹変する。

小柄でませて、はきはきしていた女の子が、急に落ちこんでいって、暗いムードにつつまれていってしまった。美少女のかおるさんが自分の中の力で暴力的に孤立して、ある種の威圧感をまき散らしたのとはまったくちがっていた。何か外側の力におしつぶされて悲しげなようすになっていった。

私は、それを支えたり力になったりする力を幼くてまだ持っていなかった。

ずうーっと遠くにひっそり行ってしまった彼女を、「あの人このごろ変わったね」

とほかの友だちと外側から見るだけになり、やがて、私の世界ではない人になっていった。

同じころ、大学教授の娘はちがう新しい友だちを作った。その時、私は大学教授の娘に自分がひじょうに執心していることに気がついた。私はしばらくの間、胸に穴があいたようなさびしさと嫉妬を感じた。二人に私がわりこむすきはなかった。学校の帰りに、城の堀にかかっている橋によりかかって、二人でいつまでも話をしているのをたびたび見た。新しい友だちの父親も大学教授で、父親同士が同僚だったというのをあとで知った。

やはり家庭が持っている雰囲気というものは、強い親和力というものをもっていたのだと思った。

私は、遠くからそれを見ながら、振られた女が、自分の男に出来た新しい恋人を自分よりふさわしいと理解するのに似ていると思った。そして私は、おとなになってからも、自分が「馬」に強く友情を求めていたのだとたびたび考えたことがある。振った男をいつまでもなんのうらみ心もなく愛し続けたようなものである。

それから、深々と黒い丸い瞳を持った、異常に静かなおとなびた女の子と近づいたことがあった。深くて澄んだきれいな声の子だったが、ほとんど無駄口というものもたたかなかった。いつも静かに本を読んでいた。医者の子どもだったが、母親が死んでいないということが、彼女の異常な静かさと落ち着きを納得させた。

家庭科の時間に、家族構成を書かされたことがあった。私は彼女の父親が再婚したことを知った。隣の彼女の紙をのぞきこむと、母親の年齢が二十九歳だった。私は彼女の父親が再婚したことを知った。それを知ると、近ごろますます彼女が静かに深い水の底にじいっとしているように私はかってに思いこんでしまった。多分文学少女というものを私ははじめて知った。中学一年か二年生の彼女はドストエフスキーの「罪と罰」のあらすじを、とても静かによく整理したことばで、話してくれたりした。

私はラスコーリニコフの不幸よりも、彼女の低く澄んだ声に魅力を感じていた。そして、私の浅はかな同情心は、ママ母にいじめられている不幸な少女であるという妄想をかってに重ねた。私は人と一緒にいて、かくも静かな時間が流れるということも経験した。

ある日彼女の家にさそわれた。私はママ母に好奇心いっぱいだったと思う。彼女は座敷の真ん中のテーブルに座って、じいっと黙っている。私もじいっと黙っている。ずいぶん黙っていた。その時、私の好奇の対象が部屋にはいってきて、テーブルの板を両手でつかんで、中腰になったまま、彼女もじいっとしているのである。文学少女はテーブルの一点をじっと見て、「佐野さん」とママ母にいった。好奇の対象は鼻すじのすきっと通ったたいへんな美人であった。たいへんな美人はテーブルの一点をじっと見ている少女をどう扱っていいのかわからないようだった。たいへんな美人は、しばらくすると麦茶を入れたコップを持ってきた。そしてまた、テーブルの板を両手でつかんで中腰のままじいっとしている。文学少女は麦茶をのまない。私も麦茶をのめない。文学少女は反抗的というのでもなかった。ただ、困っているようだった。たいへんな美人も困っているのである。私も困っている。

私はほんの短い間そこにいて帰った。文学少女はたいへんだなあ、あのたいへんな美人もたいへんだなあ、困ったなあと、私は帰り道も困っているのである。

その時、自転車が私の横で止まった。文学少女が新聞紙につつんだぶどうを、私に無理やりに無言で押しつけた。私は押しかえした。「困るよ」と私はいった。文学少女は、「あの人がなんにもなかったからって」。文学少女は私の目をじっと見た。あの大きな深々と黒い目が、何を表わしていたのか、私の理解を越えて、私の理解を越えているということで、私は味わったことのない悲しみとともに、新聞紙からはみ出しているぶどうを受け取った。

私は特別にそれ以上親しくならなかったが、遠くで目が合うと深々とした目が、おとなの女の人のように笑った。私はそれだけでひじょうに安心した。近くにいても彼女はいつも同じに静かにしんとしていた。

私たちはつかずはなれず、私はいつでも彼女を信頼していた。彼女は人を信頼させる人だったが、私が信頼にあたいする人間であったかどうかはたいへんうたがわしい。彼女は一貫して自分のスタイルも態度もだれに対しても変えたことがなかった。私は相手によってコロコロ自分が変わる人だった。その上、むき出しの自己主張をするのだった。

それぞれの人生はじまってしまうものなんだ

好きな子のこと

で、念願のグループが出来たわけだ。

そう、もう、なんでもかんでもその友だちといるのがいちばん楽しくて、重大なことなわけ。もう学校の帰りは、クラスがちがっていても終わるまで待って、学校の門が閉まるまでくっちゃべってるわけ。それから私たち電車通学していたんだけど、また、電車の中でくっちゃべるの。休みになると、自転車のって、また、昨日の続きをえんえんとやるのね、もう家の中になんかはいるひまなんかないくらいでね、門の前で立ったまんま、夏なんか蚊が来て、ピチャピチャたたきながらでもやるの。何時間でも。今でもよくいるじゃない、コンビニエンスストアーの前で、いつまでもしゃがんでいる中学生の男の子たちが。気分はまったく同じだと思う。あれ見ると、何か、胸かきむしられるように切ない（笑）。

それで、家の中では反抗期ね、親の前ではムッと不機嫌で、友だちが来ると、笑いころげている。親は腹立てるわけ。私が友だちと異常接近するの妨害するのね、ほんとうに異常接近なのよね。べつに、私の友だちが不良とかっていうんじゃないのよ。何をさしおいても友だちが大事なわけ。そうすると母親が、「あんたたち、今は仲よくても卒業すれば、それっきりよ」とか、おとなになったらどうとか、水さすのね。

だけど、私はね、その時、友情というものに未来もたくしていたの、はっきり。だれも口に出していわないんだけど暗黙のうちに、我々の友情は未来永劫続くのだって信じていた。そして、それはそのとおりになったの。

それで、何をしゃべっているかっていっても内容なんかまったくたあいないの。一種のことば遊びみたいなもんで、一応おとなのことばもしゃべれるわけじゃない。突然、「死とは何か」なんてことを、空疎なことばでころがしまわしたり、だけどもうせいいっぱいの知的背のびをするのよ。その生半可なことばがまた、よく通じるって、錯覚して、身も心も一緒になったみたいなのね。

かと思うと、お化け見た話してキャーキャーいったり。うちの学校受験校だったから、試験のことなんかもう必死で順番競争したり、試験ってくだらないんだけど、日本の教育ってのは、それが未来につながっているわけでしょう。それから進学のことから、将来どういう職業につくかとか、もう未来なんて霧におおわれている闇なんだけど、未来を信じているのよ。でもあのころの未来って、せいぜい二、三年先だったかもしれない。

そうなると親にもいえない秘密みたいの出てくるわけ？

あたりまえでしょう。親は敵なんだから。それに、私なんか幼少のころから、絶対に、私個人に起こったどんなつらいことだって口にしない人だったんだから。たまたまそれが外から親に伝われば、おまえが悪いって、また、おこられるだけなんだから。もう奔流のように友だちに秘密が流れていったんじゃない。

それでね、私思うんだけど、信頼出来る友だちが出来るって、何か他人に対する甘えも出て来たような気もする。自分を正当化して、それを友だちに補強してもらうというか。子どもの時はもっとほんとうに孤独だったような気がする。友だちに対しては、自分も甘やかしてやる義務があると無意識に思っていたと思う。それが子どもの時になかった「情」というものなのかなあ。

人間って、だんだん弱くなるのかなあ。

とくにもう十五歳くらいになれば発情期で、だれが好きだとか自然になるわけでしょう。そんなことがいちばん親にはいえない。私がとくに親との関係が悪かったからじゃなくて、グループの中のだれも親に好きな子のことなんかいわなかったと思うよ。

そういう時ってほんとうにほんとうのことといっているの？

あのね、うそつくわけじゃないんだけど、はじめは、秘密にしているわけね。そうすると、学校中の男の子の名前はじからいって白状させるの。今考えると白っぱくれることだってできるのに、急に、ある名前のところでまっかになって顔おおっちゃうのね、例外なく。
それで、それと確認し合うと、また一段と結束が固くなるとか。それで、おたがいに、どんな小さな情報も集めて来て、一瞬の幸せをあたえあうわけ。

たとえばどんな?

あのね、桃代さんて子はね、学校でいちばんもてる男の子を好きになっちゃったの。金持ちでハンサムで、ある程度秀才でスポーツマンで、まるで少女マンガの主人公みたいなやつなの。そしたら、好きになったら、なんとライバル三十六人ってことになってたのよ。
途中から東京から来た、ませた美少女まですぐそれにのぼせ上がって三十七人よ。冷静に考えれば桃代さんとその子が結ばれるってことは考えられないんだけど、もうみんなで、そうと知りつつ盛り上げるのね、さっき、廊下ですれちがった時、キムラ君少し赤くなってじっと見てたよとか。
桃代さんなんか、もう電熱器みたいにまっかになりっ放しなんだけどね。それから、さっき水道のところに手を洗いに来た時、わざわざ桃代さんの隣に来たのは脈があるとか。

あなたが好きだったのはどういう人だったの？

もうそれがね、ライバルが一人も絶対に現れないって、みんなが保証する人だったのよ。

アハハハ。

もうようやく息してるみたいな青白い秀才で、運動場にいると、途方に暮れているみたいでね、なんにも出来ないの、五十メートルも途中でやめちゃうみたいにずるずる靴ひきずって。いつもなんだかニヤニヤ笑っているみたいなの、まゆ毛がたれて、目がないみたいで。だけど、秀才なの。私よっぽど知的コンプレックスが強いのかなあ。

私一度失神しそうになったことがあった。バケツの中でぞうきん洗っていたらね、その秀才がぞうきん同じバケツにつっこんできて、手が泥みたいな水の中でさわっちゃったの。一瞬だったけど甘美だったわあ、それで、何日も手洗わなかった。

ほかの子はどんな子が好きだったの？

あのね、エリちゃんっていうのはね、学校はじまって以来の一年上の秀才ってのを好きだったみたい。私の秀才なんかとケタちがいなのよ。その時、私エリちゃんって人すごく落ち着いている人なんだなあって尊敬したりした。

だけどあとになって、東大行ったのは私の秀才だったの。だけど、静岡中のマスコミは、エリちゃんの秀才が東大落ちたことのほうが事件だったのよ。おもしろいんだから、地方都市っていうのは。

ずい分秀才がいるんだね。

うん、そうなの。それからね、マリちゃんっていうのはね、すっごくおっちょこちょいの騒々しい明るい男の子が好きだったのね、この二人が、まあなんとかかんとか確認し合っていたみたい。

だってねェ、教室で、その男の子、「マリ子、ブタア、おめえのこと嫁にもらってやらあ」なんてどなったりしてたもん。

ハハア。

それでね、私、中学がすごく楽しかったから、卒業するのやだった。それで卒業してからもずっとその中学の友だちとつき合っていた。今もつき合っている。

少しずつ人生がはじまってきた

グループの中で裏切りとか反目とかなかったの？

なかったと思う。少なくとも私は感じなかった。あのね、グループの中でなんとなく役割みたいのが出来るのね。桃代さんはいつもにこにこしていて抱擁力があってお母さんみたいで、ゆったり余裕があるのね、みんなのことよしよしって感じで。

マリちゃんってのは元気で明るくて気が強くて気っぷがよくてね。何かあると、まかしておきなよって、ケンカなんかも堂々とやってくるみたいで。エリちゃんというのはもうしっかりしていて先生みたい。頭が緻密で化学者になった。私、中学の時気がつかなかったんだけど、この化学者がソフィア・ローレン張りの美人だったのよ。

それで高校行ったわけだよね。

そう、でも私、高校の記憶がまるでないの。

何か思い出すのは、きれいな緑色の田んぼの中に、古い木造の校舎があって、大きな富士山がデーンとあって、すごく牧歌的な風景で、セーラー服がたくさんうろうろしていて、のどかだった。何かボーッとかすみがかかっているみたいなの。

私の高校、土地の古い県立高女で良妻賢母育てる伝統の学校でね、みんな土地の人なの。何代も同じ土地に住んでいる人たちなのね。多分私、生まれからして根無し草で、土地にしっかり根ざしている人たちとまざり合えなかったんじゃないかと思うの。中学は寄せ集めの学校だったような気がする。

友だち出来なかったの？

何か淡いつき合いしかなかった。みんなすごくいい人たちだった。私、友だちは過去の友だちを後生大事にしていて、目は現在すっとばして未来見ちゃっている。高校にはいる時からデザイナーになるって決めていたの。閑さえあれば中学の友だちのところギーコギーコ自転車のってめぐり歩いていた。

それで、高校になるとどんな話してた？

もうなんだかだんだん深刻になっていってたわね。化学者は医者の子だったんだけど、突然お父さんが亡くなっちゃったのね。お兄さんはまだ医学生で、病院つげないとか、その病院のことで親戚の人ともめてる話があるとか、そのお兄さんが、北海道で結婚するとかしないとか、お母さんがすごく心配しているとか。そのうち、うちの父が病気になって寝こんじゃったりして。

少しずつ人生ってものがはじまってきてたのね。

それで高校生になって、本格的な恋愛がはじまるとかボーイフレンドが出来るとか。

ないの（笑）。ほかの人もなかったと思うけど。ただ、私その中でまた、ただ一人、男の友だちをつくっちゃう人でね、お友だちなのよ。

どこから現れるわけ？

私、高校の時から、美術学校行くつもりで、父の同僚に絵の先生がいたのね、その先生が、美術学校のデザイン科に行く自分の学校の生徒教えていたの。私、毎日曜日そこに行っていてデッサンなんかしていたの。そこでサトウ君という人と友だちになって、その人中学の先輩だったから、後輩の私のことめんどう見てくれたの。

その人一年先に東京の美術学校の予備校みたいのに行ってたんだけど、毎週予備校の課題教えてくれるの、ハガキで、一年間ずっと。それで、休みに講習があって私が東京へ出て行くと駅まで迎えにきてくれて、講習つれていってくれて、紙がないとくれて、絵具や筆の買い方なんかも教えてくれて、それでもぜんぜん恋人じゃないんだよ。

なんだか馴れあって、兄弟みたいにかってなこといって、すごく親しかった。あれはほんとうに友情だったわね。だからその人が恋人つくった時、自分の男でもないのになんだか憮然としてこまったわ。

結婚してもずっとつき合っていた。子どもが出来ても一緒に海行ったりした。

それで、東京へ出てきたわけね。

そう。芸大受けたんだけど当然落っこちたわね。それで研究所って予備校行くんだけど、もう東京はあこがれていても恐怖なんだよ。だけど、そこで私、長年求めていたこれだって友だちにピタッピタッておおぜい出会っちゃったのね。だけど、夏休みになると清水に帰るのね。帰ると昔の友だちに会いたいわけで、もう友だちに会いに行くようなもんなんだけど、その時、自分でも気がつかなかったんだけど、ばれちゃったのね。佐野さんは、清水に帰ってきてもぜんぜんちがう人だって、あなた心がここにないって、私たちのこと捨ててしまったって。

それいったの化学者だったんだけど、多分ほんとうだったのよね。昔、「木綿のハンカチ」ってうた、「都会の色に染まらないでね」ってあったでしょ。私、気がつかないで、染まったんだと思うし、まったく質のちがう友だちがたくさん出来て、充足した雰囲気があったんじゃない。

それいわれた時、すごくショックで、自分に落ち度があって、彼女にそう感じさせてしまったのか、上っ調子だったのかとショボンとしてしまったんだけど、どこか、それは仕方ないことなんだよ、それぞれの人生はじまってしまうものなんだ、彼女も自分もそれを了解しなくちゃいけないんだとも思ったのね。

そういわれても、私は、彼女たちと友だちでなくなるとは思っていなかったし、何かつき合いの歴史っていうもの信頼してたみたい。彼女たちはどう思っていたかしらないけど。

あなたが東京に来て、ピタッと合う友だちがみつかったっていうのはどういうことなのかな。

それは、あなたが文学仲間と集まったというのと似てたんじゃない。私はデザイン科の予備校行ったわけだけど、もうそれは、志同じなのが、組織的に大量に集まっていたんだよ。それで、また自然になんとなくグループが出来てるんだよね。ほんとうに日本人ってグループ民族だなあ。

そういう時のいちばん最初の出会いってどんなものだったの？

私一人でいなかから出てきたから、はじめの一人目の友だちつくるのすごくたいへんだったわけ。みんなそこに現役の時から来ていたり、同じ高校から二、三人で来ていたり、もう友だちが出来ているわけよ、私みたいないなか出っていうのはみんな孤立しているの。東京の人なんか、ハイヒールはいて口紅つけてパーマなんかかけてさ、男と手組んで出たりはいったりしてるのよ。

私なんかセーラー服のスカートに白いブラウス着て、もういなか丸出しなのね、その上、みんなデッサンなんかものすごいうまいわけ。そこで私コチンコチンに萎縮して、行ってもすみのほうで、黙ってだれにも見せないように紙の上にかぶさるみたいにしてコソコソしててさ。そこで、のびのび都会人やっている友だちが欲しくて仕方ないわけね。それだけど、あんまり、おとなみたいのもいやなわけよ、口紅つけているみたいな。

いちばんはじめに出来た友だち、よくおぼえているんだけど。毎日デッサンするんだけど、消しゴムのかわりに六分の一に切った食パン使うんだよね、その食パンを事務所で五円で売っているの。ある日、消しゴムがなくなってパン買いに行ったの、そしたら事務所の柱によりかかって女の子が一人で立っていて、その人もなんだかまだ高校生みたいだったのね。前から知って見てたんだけど、その子も一人でいつもいたのね、私その時、それまでやったことなかったんだけど、目いっぱい愛嬌ふりまいて笑いかけたんだよね、それで散歩に行こうかっていったの。お茶の水のジローという喫茶店の前が研究所だったんだけど、みんなデッサンするのにエプロンかけてたの。

そのエプロンかけたまま、駿河台《するがだい》のほうに歩いていって、途中で学校どこ、なんて初歩的なこと聞いたりしてさ、その人も友だちがいなかったの。あのころいちばん大きいビルがあのへんでは主婦の友のビルだったの。そこへはいったら、モデルキッチンルームがあってね、そのキッチンルームのテーブルの上に本物のケーキが焼いておいてあったの。

それでその時私その女の子に、あのケーキ取っておいでよっていったの。おとなしそうな人だったから私は冗談のつもりだったのよ。そしたらその人、エプロンはずして、ケーキにかぶせて、パッと二きれ持ってきちゃったの、もうそん時決まりって思ったのね。それで二人でパーッと走って帰ってきて、それ食べたんだけど、もうバサバサバサしててね、でも、もう友情のあかしのわけでね、あれは、独特の味だったわね。

それで、すごくリラックスしちゃったのね、そしたら、ファーッてほかの友だちのグループともすごく自然に友だちになれちゃったの。そこで、私はまた恋愛ぬきの男女混合グループってので、一年間すごく元気にやっていたんだよね。

今、いちばん親しくしているの、その時代の友だち？

そうだね。

男の友だちも出来て、女の友だちも出来て、男と女とどこかで区別してた？

ぜんぜんしてなかった。

つまり男だから気をつけるってこともなかったの？

何気をつけるのさ、ハハハハ。

それは一種、芸術方面の仕事をする人たちの気質ってものがあったのかしら。あなた以外の女の人もこだわりなく男の友だちつくれたの？

そうだと思うよ。

でも恋愛はじまっていたんじゃないの？

うん恋愛してた人もいっぱいいたよ、でも私たちそういう不良じゃなかったの。ものすごくまじめなグループだったのね、朝から晩まで絵のことしか話してなかったもの。

どんなこと話してたの？

課題が出るでしょ、するとね、ちょっと評論家みたいな男の子が中心にいるわけ。そいつがまず、課題のねらいなんていうのを演説したりするの、そしてその課題をやって、先生が講評ってのやるのね、壁にザーッとはってね。それをまた、その評論家が、講評の前に、まず自分で、友だちの作品の批評をするわけ。そうするとみんなも、あの色がどうだ、この形がどうだっていろいろいうの。

それが、みんなとっても率直で正直だったと思うのね、絵かきって人がいいんだよね。私たちそれがあたりまえだと思っていたんだけど、音楽家の友だちにいわせると信じられないって。ピアノやっていた人なんだけど先生のところに教わりに行くでしょう、すると先生が楽譜のところに注意をメモしてくれるんだって、その楽譜は絶対に人に見せないって。だから絵かきって開けっぴろげでばかなんだよね。

だけど、私その時学んだことはね、それぞれが個性を持っていて、その個性を尊重したってことなんだよね。一人一人の個性の発見をして、それをみんなでのばすようにすることをしてくれたわね。

じゃあおたがいに競争し合うとか嫉妬し合うとかなかったの？

嫉妬というのはなかったと思うわね、ただ純粋にガンバロウ、ガンバロウと思っていた。

で、その人たちが全部芸大に行ったわけじゃないんでしょ。

そうよ、もう最後のころはカケやってたわよ、あいつは大丈夫とか、こいつはせとぎわだとか。私なんかせとぎわだって自分で思っていたし、父親はいなかで死にそうだし、背水の陣みたいに悲愴だったんだけど、はたからは元気に見えてるんだよね。それで、みんな芸大以外は学校じゃないと思っているから、発表の日の明暗なんておおごとだったし、私なんか一日中声あげて泣いてたよ。でもはいった人に嫉妬したっていうんじゃなかったと思う。

はいったやつは立派でえらい。それからね、芸大って志望者が多いから、はじめに学科の試験で半分くらい落ちちゃうの、その中にほんとうに才能のある人なんかもたくさんいるわけね。それはそれで、ほんとうはそいつのほうが才能があるのわかっていたしね。

で、ちがう学校に行ってからも友情は続くわけ？

うん、続いていた。むしろ、大学にはいってからの友だちより結びつきが強かったと思う。

♰

私は十八の時、なんの未練もなく東京に出てきた。しかし、父がその一年ほど前から床についていた。なんの病気かわからず、ただただやせていくのである。ふつうだったら長女の私が就職して、家計を助けて、母とともに父の看病をするのが常識だったのかもしれない。

しかし、父は長男を早く失い、何か過大な期待を私にかけていたのか、私に手に職をつけることをあたりまえのように教育した。「お前はきりょうが悪いから嫁のもらい手があるまい」というのが理由のようだったが、口の悪い父の私への愛情だったのかもしれない。私は、床についている父の期待をのしかかる石のように感じて東京へ出てきたのである。父はもう治らないかもしれない、と私も母も考えていた。

父は、東大以外を大学と考えていなかったように、美術学校は芸大以外を考えていなかった。だから私もそう思った。たちまちのうちに東京になじんで、私はたくさんの友だちをつくり元気であったが、父のことを考えると、地面の穴にひきずりこまれるように感じた。休みに帰るたびに父はやせおとろえて、目に見えて死期に近づいているのがわかった。

休みに帰った時は、父は床屋を呼んで散髪させていた。骨と皮ばかりの父は、籐寝椅子にななめに横たわっていた。目ばかりすきとおるようだった。床屋にも行けなくなったのだ。「ただいま」もいわず私は、「父さん、総理大臣のまねしてるの」といった。大きな庭の松の木の下で散髪させていた総理大臣の写真を見たことがあった。家族も床屋も父も笑った。

私はおもしろおかしく、東京の人たちがどんなに絵がうまいか、どんなにいなかにはいない珍しい人がいるか話した。父は寝たまま天井を向いて黙っていた。そして、二、三日いると「早く帰れ」といった。私はまた研究所にもどる。しかし、「チチキトク」という電報が来るかもしれないと毎日ヒヤヒヤしていた。

私だけが、ヒヤヒヤしていたのではなかった。私は東京にもどる時、かならずキセルをした。新宿駅につくと、いちばんはじめに友だちになった人に電話して、「あなたちょっとたいへんなんだけど、新宿まですぐ来てくれる？」といい、下駄をはいてとんできて、「どうしたの」と心配そうな顔をしている彼女に、「おねがいキセル、キセル」といった。彼女は急に不機嫌になって、「なんだ、私はお父さんがたいへんなのかと思った。ほんとうにモウ、ホレッ」と十円の切符を買ってきて、「キセルの時はキセルっていってよ、びっくりするよ」といった。

それでもこりずに私は、キセルの十円切符を何度も彼女に買わせた。

素足で歩いている私に、父親の靴下をくれた人もいた。せっかくの好意を私は、「私、わざとはだしでいるんだよ。こんなものはいたら、私の足首の細いの見えなくなっちゃう」とつっ返したりして平気だった。私は元気で図々しかった。

ほとんど一年がたとうとしていた。冬休みになり私は、帰った。父はもうほとんど、アウシュヴィッツの囚人のようだったが、便所だけは、自分で壁を伝わりながら一人で行った。便所の帰りに父は私がデッサンしている部屋へ来て、よろよろしながらしゃがんで私の絵を見ていた。

父は満足しているようだった。私はまったく安全圏にいるわけではなかった。もし合格してもすれすれが運のいいほうで、もしかしたらだめかもしれない。父のために私はなにがなんでも合格せねばならなかった。

父はまた、よろよろと立ち上がって床にもどった。そしてそれから二日目の元旦の夜中に死んだ。死亡通知書が魔法のようにその日のうちにとどいた。母と私で死亡通知書の山を次から次へとあて名書きをした。私は東京の友だちに一人だけ、はじめて友だちになった人に出した。

すぐにたくさんの連名で香典がとどき、ぶ厚い封書が次々に来た。はじめて友だちになった人は、「私は佐野さんがかわいそうで泣きました」と書いて来た。その時仲よくしていた男の友だちは、毎日厚い手紙を書いてくれた。私が手紙を読んでいた時母が、「あなたの友だちみんないい人たちねェ」と、ほんとうに感心したようにいった。もう母の目も手もとどかないところに私はいて、母は私をおとなとしてしかあつかえなくなっていた。

父が死んで私は進学が出来るかどうかわからなかった。受験はもう目の前にぶらさがっていた。父が死んで十日ほどして、母は、「あなた、東京に行きなさい。あとはなんとでもするから」といった。

私は受験戦争にもどっていった。新宿駅に毎日手紙を書いてくれた友だちがむかえに来てくれた。彼は、私の肩をたたいて、「たいへんだったな」といって、いつものとおり笑った。そして、「佐野寛《さのかん》のところに行こう」と私を芸大の先輩のところに連れていった。

佐野寛は私たちのグループの受験指導をしてくれていた人だった。佐野寛は私を見ると、「よく来た、よく来た、大丈夫か、よーしがんばろう、な」と両手で肩をたたいた。

「ごめんな」と父の死を知っていってくれた人もいた。その人は私の父親が病気だったのを知らないで、「君の母さんの名前なんていうの」ときいたことがあった。「静子」というと、「えー、そりゃまずいな、静子っていうのは未亡人になる名前なんだぜ」といったことがあるのだ。私はなるほど、ほんとうかもしれないと思ったが、その時、彼は仲間に、すみにつれていかれて、たしなめられていた。気の毒だった。たしなめた友だちは私のところへ来て、「あいつ、ちょっと変なとこあるんだけど、悪気じゃないから気にするなよ」とわざわざお手当てまでしてくれた。

それから、「私ね、ほんとうの父と母を知らないのよ。多分死んだんだと思うけど、私養女なのよね」とうちあけてくれた人もいた。「君のうち官舎なんだろ、住むところどうするの」と現実的なことを心配してくれた人もいた。十九の男に何も出来なくても、私には十分うれしかった。

父親が死ぬということは、私自身にとっては重大なことであったが、それは私自身がのり越えて行かねばならぬ個人的なことであった。私は自分が予想しなかった友情の集団が、私をなぐさめて力づけてくれたことに、驚いた。そして、ほんとうに幸せだった。人間はみなやさしい、それぞれに、という信頼を持つことが出来たのは、十九歳の冬だった。

多分それは生涯変わらない人生への私の基本的態度になった。

「片親だとふつうの結婚はむりだわねェ」と私をしみじみ見ていったおとなもいた

が、私はまるっきり平気だった。

「ちゃんとした会社は、だめだよ」といったおとなもいたけど、私は、気にもとめなかった。私には、そう考えないだろうたくさんの仲間がいた。世の中はそのように私に接したのかもしれないが、私は気がつきもしなかった。私が、のんきに図々しく生きられたのはたくさんの友だちのおかげだと思っている。

自然にまた情が情を呼んじゃうんだよね

偽善を学ぶのも大事なこと

(顔マーク) それで大学にはいるわけだけど、共通の関心事というのが出て来るわけでしょう。それで共通の仕事を中心にした友情というものなんか出来たわけ？

(顔マーク) 浪人の時はほんとうに目的が一つなわけね、それで大学にはいるとその目的はたしたわけでしょう。そうするとまた関心事というか可能性がバアーッと広がっちゃうのね。嫉妬とか競争心っていうのは大学にはいってから出て来たみたいね。だからほんとうの純粋な友情とかじゃない、おとなの社会のはじまりだったみたい。

私たちのクラス二十五人で、女の子が五人で、学校の集団としてはこぢんまりしてちょうどいいのね、一人一人どういう人かわかるし、四年間ずっと同じだったから。でなんとなくまた、グループみたいのが出来るんだけど、もう昔みたいな固い結束というより、もっと個人個人がはっきり現れていて、流動していたみたい。

それで、何を見るかっていうともう仕事だけなのね、すごい真剣さで、他人の才能を見るの。男の人なんかすごく露骨だったみたい。私五人の女の子の中の三人と仲がよかったんだけど、昔ほど無邪気じゃなかった。

その年ごろになると、恋愛なんかがはいってくるんでしょう当然。

それにしか興味がないの？

一般的にはそれが自然で当然ですよ。

それが、また、ぜんぜんないんだよね。あ、あのね、私の仲のよかった一人の女の子ね、それだけが圧倒的にもててたの。二十五人のうち五人が女の子だと、一人の女の子が四人男を持ってもいい勘定なんだけど、統計ってものはそういう場合ぜんぜんあてにならないの。二十人の男が一人だけに集中するんだよね。これは私の邪推じゃなくて、クラスの男の子であの女の子に熱上げなかった人、一人もいなかったと思うのよ。
だけどその子だれにもなびかないの。見てると、けっこう粉かけてるんだよね。それで、男の子がその気になると、突然肘鉄くらわすの。私がその人にそういうとすごくおこるけどね、うん、いまでもその人とはつき合っているから。何か、自分の意志でわざとそうしているんじゃなくて、自然に生理的にそうなる人いるじゃない、そんな感じもするけど、もしかしたらすごく自尊心が強すぎる人だったのかもしれない。けっこう意地も悪いんだよね、私そういうのきらいじゃないから。

意地の悪い人好きなの？

私好きみたいね。
私ね、友だちで、いやなところがない人と長続きしないの。いやなところもひっくるめて、やっと人格として認めるって癖あるみたい。リアルが好きなんだよ。

でもそれはそうとう変わっているよ。

そうかな、いやなところ見ないふりするの偽善じゃないの？

おとなっていうのは、それではやっていけないってことを学ぶんだけどね、偽善を学ぶのも重要なことなんだよ。

うーん。でもいやなとこあるのわかって認めてやっていけたらそのほうが安心しない？

偽善を学ぶ、うーん、そうなのか……。

それからもう一人の友だちは、もうこれは、入学する時一番で、出る時一番って秀才で、絶対に弱味を見せないガードの固まりみたいな人だった。何か男の子にも一目も二目も置いて尊敬されて、一歩さがってもの申し上げるって感じだったよ。

でも学校の時も出てからもずっとつき合っていたけど、その人おもしろいんだよ。私なんか休みになるとやることないとついふらふら友だちんちに遊びに行っちゃうのね、バスのって電車のって、トコトコ歩いてやっとついて、「遊ぼ」ってつもりで、下から声かけたりすると、「あとでー」っていうの、お父さんが出てきて、「今眠いから、あとでっていってますよ」っていったりするの。次の日学校で「ゴメンネ」なんていわないで、「アハハ」って笑っているの。

あの人も変わっていたわね。学校でなんか、男の子には失礼なこと冗談にもいえませんって態度とられているんだけど、それが、外では痴漢が異常に集まって来るの。しょっちゅう「フフフ」なんていって、「電車の中で、立ってると肩さわられたの、いやだから座ったら、その男も一人中置いて座って、一人とびこして窓からさわって来られちゃった」とか話すのよ。「プール行ったら、すぐ隣に座った男の人がさわるから、水の中で泳いでたら、その男、水もぐってさわりに来たの、フフフ」なんてしょっちゅうだったよ。私なんか、一度も痴漢やられたことないから、うらやましかったよ。

三人の中で、だから私だけまったく色っぽいことないの。

男の友だちもいたんでしょう。

うん、みんな友だちだったけど、一人変なのがいたの。学校行くと私にピタッと寄ってはなれないの。その人ね、ものすごい仕事する人だったの。たとえば課題があると人の三倍やってくるのね、大きさも三倍大きいの。それできっと学生の水準以上だったと思うんだけど、だから教師になんかもすごく認められていて、仲間からも仕事は特別あつかいなんだけど、人はメチャクチャに変なの。わざと奇矯なふるまいをするの。

半ズボンに、下駄はいて麦わら帽子かぶって、シャツに自分で絵描いて、銀座行って乞食のまねしたり、学校へ来て、急にズボンぬいで机の上にのっかって、中に女物のタイツはいてたりするの。満員電車の中で新聞紙しいて弁当食べたり。それが、天衣無縫でやってんじゃなくて、何か計算くさいのよ。

それで、男のくせに人のことあれこれすごく細かくいうのね。たとえばクラス中の人をあいつはどういう死に方するとか片っぱしからいうの。それが、ほんとうにその人のことよく見ていて欠点をよく引っぱり出して感心するくらいなのよ。だから、人間として不可解なのね。わざと信頼されないように計算してるみたいなところがあるの。

それが、私にピタッとひっついて、学校行くと、「これは私の女ですからね」と大声でわめくのよ。ぜんぜんちがうのよ、自分は女子美に好きな女がいて、せっせとその女の子とデートしてるのよ。だけど、どこ行く時もついて来るの、それで二人っきりになると、ものすごく一生懸命私の仕事の批評してくれるのね。

私は学校にはいってから、デザインは手先の正確さが命みたいな仕事だとわかって、もう成績なんかよくないの。それが、彼が私をすごくおだてててくれて、私にたくさん仕事をさせるのね、かんちがいかもしれないけど才能があるっていってくれるの、その人だけなのよ。

時々もうあんまり変なことするから、私、絶交なんかするんだけど、長つづきしないでまた、すぐもどっちゃうの。私その人の批評というのは信頼しているから、その人のいうことはすごく素直に聞いて、一生懸命やってたの。すごく感謝もしていたの。だけどぜんぜん恋人じゃないのよね、でもほとんど一緒にいるからなんだか兄弟みたいになっちゃっていて、私はなんでもその人に話していたわね。

展覧会に出す仕事なんかも一緒にやったりするんだけど、朝一番電車で下駄はいてきて、五時ごろ私の下宿の窓ガラッて開けたりして、「エヘヘヘ」って笑ったりするのよ。それから終電車まで、一休みもしないでずっと二人で仕事したことあった、何日も。あれ充実してたなあ。仕事している時ほんとうに信頼していた。とってもおだてるのが上手だったの。

参考までにどんなふうか具体的にいってください。

忘れちゃったなあ、おだてられたいい気持ちだけ覚えている。

私にデザイナーやめて、イラストかけってすすめてたのね。だから私、クロッキーにいったり、雑誌買ってきて写真見てデッサンしたり、すごい量の絵かいていた。それをどこにかくしておいても見つけて一枚一枚調べるのね。そうだ、私の絵、詩的だって。それから、知性があるって。一枚一枚の細かいこと忘れた。それからコテンパンによくないっていうのも決定的にコテンパンにいうの。でも、ほめられたのはほんとうかどうかわからないけど、コテンパンにだめだっていわれたのはほんとうにだめなのね、私、あの人がいてくれたことほんとうに感謝している。あれほんとうの友情だと思うわねえ。

私ね、恋人はいなかったんだけど、一方的にずっと好きな人いたの。でも、私奥手だからどうしていいかわかんないで、一人でグチュグチュ、何年も思い悩んでいたのね、そんなこともみんなその人にはいってたのね。

今考えると涙が出るんだけど私に、「おまえは、今はだめだから、あきらめろ」って。「あせるな」って。ちゃんと仕事して、二十七、八になったらすごくいい女になるって。その時は仕立てのいい洋服を着ろって。でも私、そんな悠長に待ってられるか、目先のあの男とどうにかなりたいって思ってるわけじゃん。仕立てのいい洋服っていうのが泣かせるでしょう。

あ、どんどん思い出しちゃう。

まわりの若い男におまえのよさなんかわからないっていうのもあったよ。

信じりゃよかった。

でも、それほんとうに友情だけなのかなあ、もっと微妙なものもふくまれているんじゃない。そうとう屈折している人みたいだから。

そうかなあ。そういえば、おまえもおれも変なやつで、売れ残るかもしれない、三十近くになって二人とも相手がいなかったら、仕方がないから結婚しようっていってたこと、あったな。

えー冗談じゃないよと思うのと、ほんとうにそうなら仕方ないかと思ったりしたけど。

ほら、ほら、ほら。

でも、この変人奇人、友だちだからやっていけるけど、気ちがい夫婦になるのはやだなって思ったよ。

その人ともずっとつき合っているの？

ううん。この人だけ変に、ピタッと切れちゃった。一度クラスメートだったり、友だちだったりすると、間がぬけていてもすっともどるじゃない。なつかしかったりさ。

この人だけは、まったく信じられない密度でつき合っていたのに、ほんとうにはさみで切っちゃったみたいなの。卒業して、私、少し職のない時があったのネ。大学の先生で、原弘《はらひろし》って偉い先生がいて、その人デザインセンターって、そのころ超一流のスタッフかかえた会社もやっていたのね。そこにその変なやつも就職していたんだけど、先生のところに相談に行ったの。仕事もって。それで私は、ひさしぶりにそいつに会うのも楽しみだなって思っていて、廊下で待ってたの。クラスでそこに就職した人もいて、私見て、親切な顔して笑ってくれたり話してくれたりして、「あ、あいつにおまえが来たのいってくるよ」っていってくれたから、待っていた。

そしたら、そいつ向こうの部屋のドアあいてるところを、私のほう見て、スーッ、スーッて行ったり来たりして、笑いもしないし、近づいても来ないの。「あの野郎」って思ったけど、いかにもやりそうだなあって、それっきりなんだよね。それで、その時、何か、プツンって私のほうの情も切れちゃったみたい、すごく不思議な切れ方して、変な人だったなあ。

でも、つき合っていた大学の時は、ほんとうにいい友だちで、私、すごく幸せな友だち持てたと思っているよ。ああいう、人のめぐり合わせっていうか不思議なんだけど。

だけど、あの大学のあのクラスの人、何か、やたら、個性が強くて、自我が強いっていうか、芯におのれっていうものを決してくずさない、人は人、我は我っていうのが確立してた人が多かったのね。まあ、年齢的に人間が形成される時期だったのかもしれないけど。ブックデザインをしている平野《ひらの》甲賀《こうが》なんて、今も二十歳の時と何も変わってないよ。堂々としすぎちゃってさ。アメリカで大成功したイラストレーターの長岡《ながおか》秀星《しゆうせい》なんて人もいたなあ。コースがちがっていた漫画家の上村《かみむら》一夫《かずお》もいたなあ。

女の友だち

女の友だちとはずっとつき合っているの？

うんつき合っていた。卒業してから男の問題とかみんな出てきて、私はさっさと結婚しちゃっていたんだけど、クラス中の恋人役やっていた人、京都で織り物やっていたんだけど、京都で恋愛して失恋して、何かずい分何年間もうまくいったり

いかなかったりして、私、京都まで行って、一緒にメソメソ泣いてあげたり、飯食わせたりしたことあった。なにしろ、なんにも食べないで泣いているんだもの。

その人とは今も時々電話で長話する。もう一人は十九の時から三十ぐらいの男とつき合っていて、サルトルとボーボワール十年もやっていたのね。私なんか、ほんとうにそんなこと可能か半信半疑で、何か無理しているのか、ほんとうは結婚したいのかなあとか思っていたんだけど、自分たちの関係は絶対だって。そしたら、十年目くらいに彼女ヨーロッパ旅行で知り合ったイタリア人とあっという間に結婚して、イタリア行っちゃった。

その時、私、ほんとうにキョトンとしてしまって、人間の思想ってもの信じなくなったね。現実には何もたちうちできないんだって。

ぼく大学いったことないからわかんないんだけど、青春時代っていうのは深刻な人生論やったり、酒のんでたあいないばか話したりってことあるんだろうと思うんだけど。

③ うん、うちの学校考えてみれば、大学っていうより職業学校だったのね。だから、ある種、学校の勉強そのものが、社会と地つづきっていうところがあったから、ぜんぜんモラトリアムやってられなかったんじゃないかしら。私、酒のみじゃなかったから、ほかの人が酒のんでそういうことやっていたかどうかわかんないけど。

それにね、私たちのころ、美術学校って芸大と多摩美《たまび》（多摩美術大学）と武蔵美《むさび》（武蔵野美術大学）があったんだけど、その他の学校の人たちともつき合っていたのね。

浪人の時の友だちが散らばっていたこともあったんだけど。

予備校ではじめに友だちになった人とずっとつき合っていたんだけど、彼女は多摩美で、三宅一生《みやけいっせい》とすごく仲がよかったのネ。これがまた、恋愛じゃなくてお友だちなんだよね。彼女の家に行くと、彼女の部屋はなれで、ベッドなんか置いてあって、私なんか、無差別に行きたい時ドアあけると、二人でベッドに座っているんだけど、これがまるで怪しくないムードなんだよね。二人で喜んでくれる。

それで、彼は男のくせにいつも「装苑《そうえん》」って雑誌持っていて、はじめから、ファッション志向だったのね。あのころグラフィックデザインが花の時代だったから、ファッションやるっていうのは変わっていたんだけど、彼は断固まよいなくファッションやる人なの。みんなお金もないし、遊びもないから、銀座のデパートはしごするのが遊びで勉強なのね。

三宅さん、そのころ足が悪くて松葉づえついていたんだけど、今ほど車激しくなかったけど、銀座通りわたるのにどこでも、「ホラ、あんた先に行って」って松葉づえの三宅さんわたらせると、車みんな止まるのね、そのあと、私たちゾロゾロ渡って、「アハハ、悪いね」なんていって。女の子だから、洋服屋とか下着屋とか行くじゃない。三宅さんはそれぜんぜんいやがんないの、パンツのレースなんかひっくり返して調べている。私たちだから、すごく三宅さんのこと好きだったよ。

それであの人、毎年「装苑賞」っていうのに応募するの、ファッションの登竜門だったのね。それで三宅さんすごい自信家で、発表の日に賞金がもらえるからおごってあげるって、だからファッションショーに行くの、帰りおごってくれると思って。だけどいつも一番がコシノジュンコで、二番なの、二番は賞品でミシンなの。それでもあの人、来年は必ずねって、すごく、楽天的で明るいの。それで、あっという間にあの人、世界的スターになっちゃったでしょ。

もう世界的スターになっちゃってから青山通りでバタッて会ったの。

ちょっと困っちゃうのね、何話していいかわかんないの。ちょうど今からファッションショーがあるから、おいでっていってくれたから、三宅さんのベッドの友に電話して、楽屋から入れてもらって、ショー見たんだけど、もうまったく別世界。ベッドの友は昔結婚する時は三宅さんがウエディングドレス作ってくれて、洋服はいつも三宅さんが作ってくれてたんだけど、もう、その世界じゃないの。二人ともおばさんぽくなっちゃって、すみでじーっとしていた。

だから、昔すごく仲よくても、属する世界がだんだんちがって、やがて決定的に別世界の人になっちゃう人もたくさんいるのね。

そうすると、ただ、昔仲よかったってだけよね。私たちも困るんだけど向こうも困るんじゃないかと思って。でも、昔友だちだった人が、すごく成功するのって、なんだか、うれしいものなんだよ。
あの、それから、有名じゃなくても、すごくお金持ちになっちゃっても困るのね。
貧乏人に気をつかわせちゃうの。

けんかと手当て

たとえばおとなになってからの友だちで、絶交したりした人いる？

いる。

どういういきさつで？

それいうとけんか両成敗でどっちが悪いとか一方的に言えないんじゃない？
二人いる。

どういうふうだったの。

わりかししつこいんだね。

一つはね、偶然知り合った人で、わりと長い間仲よくしていたの。ただ、仕事のジャンルがぜんぜんちがう人だったから、重なるところがなくて、それがきっとよかったと思うんだけど、二人で仕事をしたことがあったの。そうしたらだんだんお金のことが不明瞭になってきたのね。

で、私、経理を明らかにしてくれっていったらいやだっていうの。私は長いこといい友だちでいて、たかがお金のことで、気まずくなるのは残念だから、どういうつもりなのかってきいたら、その人が、「私は、友情をとるか金をとるかといったら、金をとる」っていったの。「へえー」と思ってね、「わかった」ってそれっきりにした。

もう一つは？

もう一つは、予備校の時の友だちで、すごく感じのいい気のいい男がいたのね、その女房が、珍しい女でね、かげで人と人をこんぐらからせて、しょっちゅうトラブル起こすの。その女房のおかげで、だめになっちゃった人たくさんいるのね。

その女房に私やくざみたいなすごいいい方でけんかした。「てめえ、いいかげんにしろよな」。自分でもびっくりした。

その男すごくいいやつだったから、みんな、「あの人いい人だったねー。どんなじじいになるのかみとどけたかったのに残念だったね。まさか、あの夫婦の亭主のほうだけとつき合ったら、ものすごいことになっちゃうしねェ」。亭主のほうは、女房がトラブル起こすの悩んでいたみたいだったけど、私かっこいいこといっちゃった。亭主にね、「百人の友より一人の女房だよ」って。

そうなんだよね、友だちとるか女房とるかっていったら、女房とらざるを得ないってところが結婚にはあるわけだよ。あなた、絶交じゃなくて友だちとけんかすることあるの？

あるよ。

どうやって仲直りするの？

あのさ、二つ方法あるの。けんかしているって、多分どっちかが日ごろの不満もってて、何か具体的なことでバクハツするのね、それである方向にぐいーっと曲がっていっちゃっているんだよね。片方がおこっている時は冷静にその方向が見えているけど、両方興奮することもあるんだよね。とにかく、もう、すぐあやまる。一方的にあやまる。

電話で？

なるべく出かけて行って、顔見てあやまる。それで、私もずるいからさあ、あやまりながら、自分のいい分押し通そうとしたりするのね、その間にあやまりながらね。

それから相手のいい分もっともだと聞いて、その部分にかんしては悪かった、だけどこうも考えられるとか、それからすぐまたあやまるとかしているうちに直っちゃう。それから、一応おさまったあと、間をおかずに、まったくケロッとした態度を二度か三度アッピールして、通常というところまで手当てをする。

アハハハハ、もう一つは？

これはもうほっとくの。

どれくらい？

場合によってちがうけど、ひどい時は何年も。

何年も？

そう、ほっといて大丈夫なの。それで、時間をかけて、時間がたつとうすれて、忘れるんだよね。ほんとうに、それで、なんとなく、そろそろともとにもどす。

とぼけるわけ？

とぼけるんじゃないよ。自然にまた情が情を呼んじゃうんだよね。

無意味なことがすごく重大

あなたよく長電話して友だちと話しているね。今の子どもが男でも長電話するっていわれているのどう思う?

別にいいじゃん、電話する友だちもいないとか、電話する閑もないほど勉強しているとかより。でもひとごとながら、子どもはばかなことしゃべっていると思うわね。これおとなの見方ね。ばかなことが必要なんだよね。

私も、子どものころ、無意味なことがすごく重大だったのつい忘れるんだよ。でも、教育っていうのはそういうむだをうばわなければ成立しないのかなあって、子どものこと見ていると思うのね。うちの子ども、学校の校長に、地域共同体のような交友関係もっている、もう少し友だちをたがいに選ばなくてはだめだっていうふうにいわれたのね。でも、うちの子どもたちみているとほんとうに友情が厚くて、義理が固いのね。情が深いっていうか。

でも私は子どもの側から、自分も子どものころそうだったからと思うんだけど、教育って立場から見るとちがうのかしら。私は子どもがすごくいい友だち持っていてうれしいと思うんだけど。多分学校ではいい生徒じゃないと思うんだけど。

うちの子どもね、小学校一年の時から親友同盟っていうのもっているの。三人なんだけど、三人とも同じ女の子好きになって、たがいに手出しをしない紳士協定つくったのね、七歳の時に。それがずーっと続いているの。

もう地域や学校別々になっているんだけど。途中いろいろおもしろいことあったんだけど、絶対解体しないのね、二人は秀才でエリートコースに行っちゃったんだけど、何か特別なのね。

それでその一人が、有名私立大学にはいって、うちの子どもの友だちみたいなの出来なくてさびしいっていうの。何かみんな表面は調子合わせて親しいんだけど、何かほんとうの友だちみたいじゃないって。みんな優等生だけど腹を割らないって。

だから、ほんとうの友だちっていうのは七歳からの親友同盟で、これは何があっても大丈夫だって。

男の子で、今そういうのもめずらしいね。

私もそう思うのね。

それで三人集まると、まるでばか。小学校の時のまんまやっていたり、秀才の子にうちの子が、おまえもっと自立しろっとか説教したりするのね。これから先、それぞれ、ぜんぜんちがう方向に行くと思うんだけど、どうなるのかなあって。

地域共同体のような友情ってどこがいけないのかしら。

先生から見ると、たがいの傷をなめ合うようなのが、よくないと思えるのかしら。もっとたがいにセッサタクマしなくちゃいけないとか。

でも見ていると、勉強のことでセッサタクマしていなくても、なんだかあいつら人生をセッサタクマしているように見えるの。ある種、落ちこぼれなんだよね。でも人生から落ちこぼれているような気はしないの。

人間として、すごくまっとうな情を持っていて、私はそれぞれの子どもに安心しているのね。私のように、子どもを支持しちゃいけないのかしら。

支持すべきだよ。

でも教師に人間のクズみたいに思われていたみたい。

だからさ、あなたがいっていたみたいに、自分は理解されてないって思うことが必要なんじゃない？　そして理解し合うものを求めるのが友情だって、あなたは自分の経験で知っているわけでしょう。そうして、教師からも、親からも自立出来たんじゃないの。あなたは、自分の子どもが教師の気に入るような子どもであって欲しいわけ？

うん。ううん、でも人間のクズみたいに思われたくない。クズじゃないもん。

あなたは、すごくいい友だちたくさん持っていて、ぼくなんか劣等感持っているよ。どうも自分が人間としてマットウでないんじゃないかって。

でも、それは、私の、人間は人間の弱さで支えあっているって、根本的な考えがまちがいじゃないかと思って。それが子どもに遺伝したんじゃないかって。だから、人間のクズみたいに思われたら私も人間のクズじゃん。

あなた、だめだ。子どものことになるともうぜんぜんだめだ。あの子は、あなたよりずっとちゃんと親ばなれしておとなですよ。あなたが子ばなれ出来てないんだよ。もう親なんか、必要ないんだよ。自分のこと考えてごらんよ。

わかっているよ。私はただ、あの子たちの友だちが人間のクズとは思えないだけだよ。みんな好きなんだよ。でも教育っていうのは、あの子たちをクズでないっ

て受容すると成り立たないっていうこともわかるんだよね。教育ってなんだ。

あなた、ここで教育論やらなくていいんだよ。
今日は中止しよう。だめだ。

*

もう立ち直りましたか？

はい、申しわけありませんでした。

あなた、世代がかけはなれている友だちいないの、すごいおばあさんとか。

うーん……。

あの人はどうなの、石井さんのお母さん。

あ、そうだね、あの人八十二歳だけど、そうだね、友だちのお母さんというより、友だちだと思っているね。

あの人にはね、女の人の人生ってものに共感しているんだよね。

はじめはちがうのよ。あの人の娘と私、同じくらいに子ども産んでね、あの人が産湯つかわしてくれたの。私がねている間ね。それであの人の孫とうちの子どもよくめんどう見てもらっていたの。そのうちに、あの人、自分の惚れた亭主のこと話し出して、その惚れようが、半端じゃないのね。

私、あの人の女の人生っていうのにすごく興味持ったのね。死んで四十年たつのに、あんな素敵な人は世界に一人もいませんでしたって。私好きになっちゃったの。それで今はね、二人で惚れた男の自慢のしっこしている。あの人すごいのよ。私は友だち一人もいりませんでした、なんでもわかる、なんでも話せる惚れた亭主がいたら、なんで友だちいりますかって。

ぼくみたいな人じゃない。

アハハハ。それからね、私、むすこの友だちも友だちだと思っている。一緒に映画行こうって約束した。電話かかってくる。私が子どものこと心配したりすると手紙くれる。「あいつは、おれよりずっとしっかりしていておとなで、すごいところがあるやつだ、おばさん何も心配しなくていい」って。それ七歳からの親友同盟のエリート。

それから、私、むすこの恋人にも友情感じる。むすこがふられても、なんかそば行って、無理ないよ、あんな男っていいそうな気がする。むすこがふっても、なぐさめてやりたい気がする。私、むすこが女泣かせるようなことしないでほしいって思う。

また、むすこのことになってやばいなー。

もう大丈夫だよ。

友情って持続だと思うの

あなた友だちたくさんいるけど、社交はしないんだね。

社交が出来ないのよ。

もう新しい友だちはいらない？

もうぜんぜんいらない。だって友だちって時間かけないとおもしろくないんだよ。今から時間かけても、たかが知れている。今まで時間かけたのおろそかにするのもったいない。もう私子どもにもどれないんだから、火花のように瞬間の喜びや悲しみより、じわーっと人生とともに生きるってほうがおもしろいのね。
別にとくに楽しい事件が起こるわけじゃないんだけど、それぞれの人生に思いがけないことといっぱい起こるじゃない。それに多少なりともかかわり合って、なんとかおたがいにやっていく。友だちって家族じゃないから運命共同体ではないんだし、なれない。その人がほんとうに困った時ほんとうに助けられるのは家族しかないんだと思うんだけど、家族だけが人間関係のすべてっていうのも少し困るんだよね。

そうだね。今、世の中が、友だちっていうものを社会の構造の中に組みこむっていうふうではなくなっているね。とくに男は、家族と仕事だけになって。ほんとうは、血縁と社会の間に友だちというものが社会を構成する人間関係の要素になっていたほうがいいと思うんだけど、だんだん、むずかしくなっていくね。

女のほうが、友だちでいられるのかもしれないね。

それで、あなたは、友だちになんでも話せるわけ？

人によって、話すことが、ちがっているのね。たとえば、日常的なプライベートなことを話すのがきらいな友だちもいるの。その人とは、仕事のことか、抽象的なことを話すようになる。それからいっさい抽象論が通じない人もいる。その人は微に入り細に入り、ただひたすら具体的なわけ。両方すごくおもしろいけど、具体的なもののほうが、人生の深みってものがあるような気がするのね。それがめちゃくちゃに混乱していてもね。

それから、その時その時同じような人生を生きて来ていると、その時その時同じような心配事や悩みがあって、自然に話すことが変わって来る人もいる。

そういうのは、なんだか、ずっと同じ河を流れてきて、やがて海に突っこんで死ぬんだなあと思う。時々ガク然とすることがある。ああこの人と十八の時から知っていたんだ、私たちにも青春と呼ばれる時期があったんだって。あのころは、なんて人生は単純だったんだろうって。

自分の子どもが同じくらいになっている。

その子どもが、肌なんかつるつるふっくらして、見とれてしまう。するとその子が、「おばさんたち、私と同じくらいの時から友だちだったの？　へーえ」なんて感心するのね。そういう時すごくうれしい。「いいなあ、私もそんな友だち出来るかなあ」なんていわれると、なんだかじつに誇らかになっちゃう。

この本は中学生、高校生のための本なんだけど、なぜ私、おとなになってからの友だちのことというかといえばね、友情は持続だと思うからなの。

十八の時の友だちはもう大学生の子ども持ったり、高校生の子ども持ったりしているのね。

私は親の友だちなのね。その子どもたちがおたがいの親の友だちとある種の関係を持つようになるのね。親には反抗的でも他人のおとなで、小さい時から知っているおばさんには、甘えたり背のびしたり、親にいえないことといったりするの。

うちの子なんか、私の友だちの家にほとんど住んでいるみたいな時期があった。その友だちの子どもを私があずかったこともあった。

自分の子どもは親に秘密なんか絶対うちあけないでしょ。新人類が同じ家の中にいても、ほんとうのところわからないことがいっぱいある。

私なんか、あずかった子から、もうほんとうにびっくりするような学校の先生のことや、いわゆる不良と思われている子どもがどんなことを考えて、どんなふうに友だちとつき合っているかとか、セックスのこととか知らされて、抱き合って泣いたこともある。私がどれくらい役に立つかなんかぜんぜんわからないし、良いふうに役に立っているかどうかわからないけど、他人のおとなとして存在するだけでも意味があると思っている。

ほら、私なんか自分の子どものこととなると、ぜんぜん冷静じゃないけど、友だちの子どもにはある程度客観的になれるし、ものわかりのいいおばさんやれるでしょう。それもある意味の友情だと思うのね。

私も父親の友だちにすごくお世話になった時期があった。

そういう、何かくり返しの人間のつながりが血縁だけでないところでも行われるって、すごく人間やっててていいなあって思う。

家族とか子どもとか共通なものを持つとそういうふうになるんだろうけど、家族を持っていない友だちもいるでしょう。ずっと独身で仕事もちがうって人。そういう人とは何を話すの。

そういうごく親しい人は一人しかいないんだけど、それは、すごく感受性が似ているっていうか、投げた玉をとりそこなうことがないっていうか、そういうのが気持ちいいっていうか。

よく考えてみると、私とその人、今の世の中とうまくやっていけない素質があって、何しろなんにも割り切れないのね。もうぐっちゃぐっちゃで。行きつくところ、もうなんでもごちゃごちゃで結構じゃんか、矛盾こそが人生よ。大事なことは愛だけよ、この愛がまた、割り切ると、変なことになるじゃんか。割り切っちゃあいけないよってはげまし合うとか、ほんとうは割り切る能力ないんだけどさあ、この世でおぼれないようにつかまり合っているっていうか。

毎日電話かかってくるんでしょ。
男ってそういうことないなあ。

私が女友だちと何話しているか知りたい？

おとなになった私は女友だちとこんな話をしている

みんなが自分を誤解している？

★　私性質悪いの。

☽　性質悪いっていうんじゃないよ。意地が悪いんだよ。

★　わかる？（笑）

☽　まさか！　私が意地悪されているの気がつかないと思っていたわけ。
私だって意地悪いよ。

★　でも、私のほうが狭量なのよ。

☽　なんで張り合うわけ？

★　私狭量なの。もうおふくろ見てると、鏡見ているみたいで、もうほとんどこうなっちゃう（げんこつ二つで顔をおおい、ソファの上で丸くなる）。

☽　あのね、私、韓国に友だちいたっていったでしょ、それが何年ぶりかに会ったことあったのね。そしたら私ふけていたわけ。そんなの仕方ないよね、あたりまえだから。でもその男、私のこと見てなんていったと思う？「人間ってだんだんその人に似てくるんですねェ」って。

★　うーん、うまいい方だねェ。うーん。ああいやだ。性質って変わらないのよね。自分で努力して直ったなんてものなんか、他人からみたらほとんど同じなんだよね。

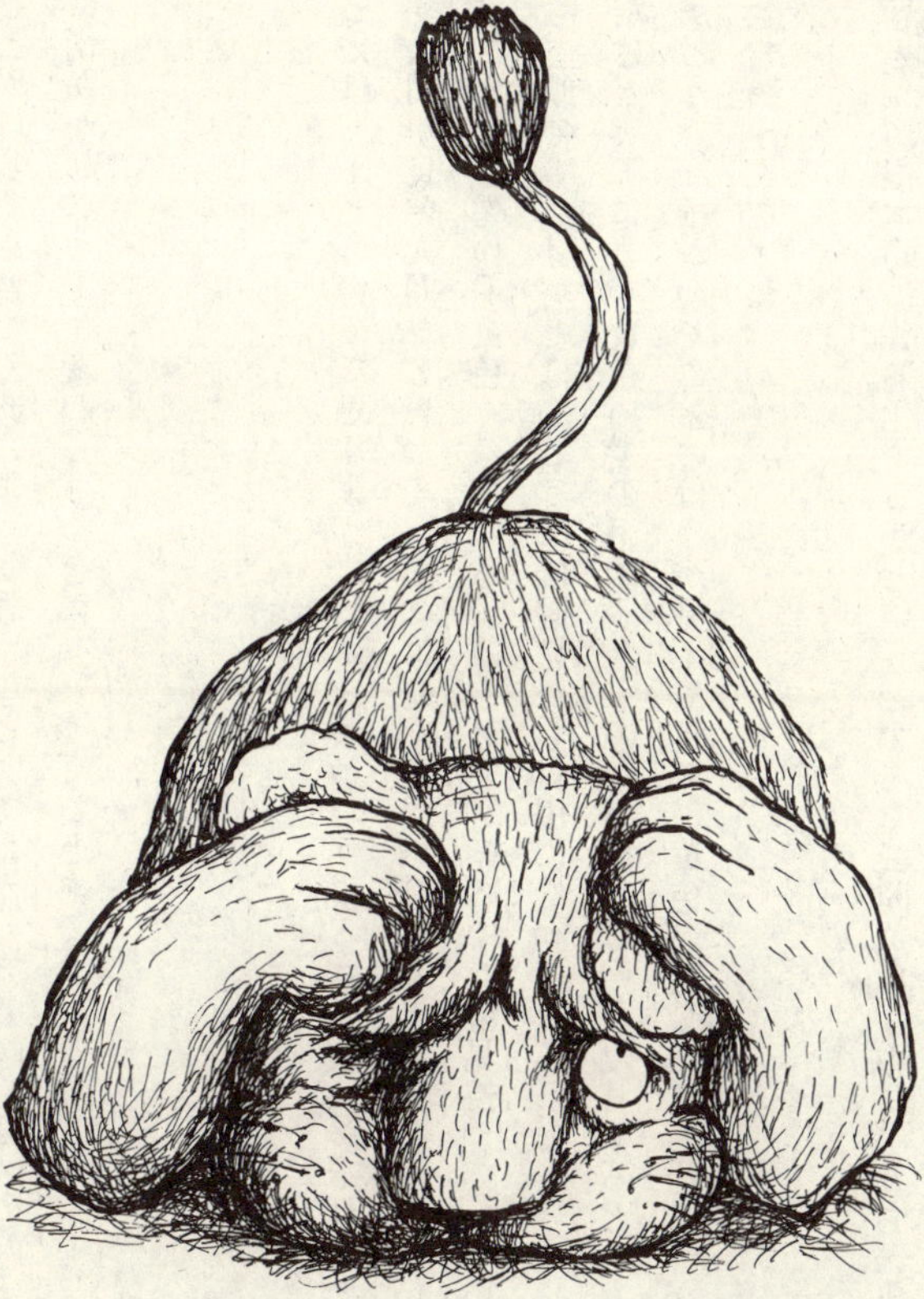

☽　だけど、自分で意識して変えようと思うことってたかが知れているんだけど、具体的に何かが起こって、変わらざるを得ないってことあるじゃない。

★　たとえば？

☽　たとえば、子ども育てて思うようにいかなかったりするじゃない。それまで、こういう人間が良い人間だと思っていたのに、そう思い続けるとやっていけないじゃない。たとえば髪の毛黄色くしている子ども見て、頭の中で偏見持っていないつもりでも、頭の中だけだとほんとうには偏見から自由になっているわけじゃないのよね、だけど実際にまっ黄色い髪の毛の子が家の中出たりはいったりすると、もうその子がどういう子かってことのほうが見えてきて、黄色い髪なんて問題じゃなくなってきちゃうんだよね。

★　でもそれが根本的に普遍化するかというとすごく疑問に思うのね。うちに出入りする髪の黄色い子にかんしてだけは偏見なくなるんだけど、ちょっと世の中に出て、そこにみどりの髪がいたら、やっぱり偏見持っちゃうんじゃない。アハハハ。

☽　でも変わるわよ（あんた子どももないからわかんないんじゃないと思っている）。

★　でもいつごろから自分がこういう人間だと思っていた？

☽　私、すごく恥ずかしいんだけど最近なの。

★　私もすごく最近なの。

☽　私ね、今まで、人はみんな同じなんだと思っていたの。同じだから共感するとか、連帯するとか、世の中信じるとかやってきたんだけど、どうも同じこと起こってもみんなぜんぜん、一個ずつちがう反応するんだよね。

★ ちがうんだよね、考えてみれば子どもの時からちがうって人がいたよね。

☽ ちがう人がいたと感じていた？
むしろ、自分に違和感があるって感じてなかった？

★ そうだね、むしろそうだわね。

☽ あれは、すべての人間が子どもの時感じていたのかしら。

★ どうなんだろ。
私ね、すごくまじめだったと思っていたんだよね、そしたら、先生が、私をまじめじゃないって思っているんだよね。その時、どうして人は人をちゃんと見られないんだろうとすごく思った。

☽　私ね、子どもの時、みんなが自分のこと誤解しているとずっと思っていた。

★　うん、そういう感じだった。私ねェ、友だちの中でまったく孤立してしまったことがあるんだけど、そのうち世界中を敵にしたって感じたことあった。

☽　いくつだったの？

★　中学二年ぐらいだと思うんだけど。クラスで演劇やることになったんだけど、いい本がなくて私が脚本を書くことになったの。私、子ども劇団にいた人だから、中ではきわだって芝居がうまいわけ（笑）。だけど、私、主役をやって目立つのはやりたくなくて演出をやりたかったのね、こまかいこと全部忘れているんだけど、とにかくクラス全員が私をノーといったのね。クラス全体で決めてやったことなのに、ようするに私のやり方がみないやだったのね。

☽ やり過ぎと思われたんだ。

★ クラス中がノーといって、すごく孤独で、教室から一人で出て行ったんだよ、廊下に。標語とか、絵とかがかかっていて、そのうち、ほんとうに世界中に自分一人って感じがして。

☽ それからどうしたの？

★ それがおぼえていないの。写真があるから芝居はやったのね（笑）。だけど人ってほんとうにいやなことって記憶からしめ出しちゃうんだね。思い出すのは廊下、標語や絵をみて一人でずーっと歩いていた。

☽ あんた、かわいそうだったね。

★私ほんとうにかわいそうだったの。ほんとうにさびしかった。その時ね、自分の中にそうさせるものがあるんだなって思った。

☽　アハハハ。

★アハハハ。だから、私そのことが根っこに残って、なるべく、やってしまわないように押さえるようになったわね。

でも根は出来ちゃう人だから（笑）、自分の中で、かっとうが常にあって、あいまいになってしまうのよ。

☽　私はね、おっちょこちょいのでしゃばりで悪さするって思われていたの。で何か、失敗とか都合が悪いこととかが起こると、サノだ、サノだっていうことになるの。私やってないのよ。それで、すんじゃうの、だから、また、何かそういう悪いことが起こると、私のせいにされるってすごい恐怖で、そして、またそのとおりになるの。

すごく腹立てていた。先生もそう思っているの。

★ 弁解しないの？

☽ ちがうちがうっていうと、うそついているって思われるの。今なら、校内暴力ものだわ（笑）。

★ そういう、自分は理解されないっていうのはみんなもっているのかしら。

☽ 思っているのかもね、でも実体とイメージのギャップがない人いるわね。

人を傷つけた痛み

☽　私たち子どものころ、何しゃべっていたのかな。

★　いちばん多かったのが先生の悪口とか、友だちの悪口とか、そういうことだろね。

☽　ああ思い出した。そうだわね。これはしっかり認めなくちゃね。忘れるものね。都合の悪いことは忘れるものね。うーん。

★　やっぱり人間関係のことだと思うのね。それがほとんどすごい重大問題で、社会ってのは学校しかなくて、人間関係もほとんどそこに集中していたじゃない。そこで自分の立場確立するのはもう会社の人事みたいじゃなかった？

今の子どものいじめの問題も、全部人事にかんするだけじゃない。朝から晩まで人事なのに、学校や親はセールスして成績上げろっていってるようなものじゃない。

☽　そーねー。

★　あのさあ、私たちやることがなかったんだよね。だから考えると、すごい遠い友だちのうちまで歩いて遊びにいったよね、三十分とか四十分とかさ。夕方になってかえって来る道すがらとか、すごく考えたり感じたりする時間っていうものがあったような気がするのね。おつかいに行く道すがら考えるとか、なんにもしない時間がけっこうあったんだよね。今、そういう時間ないじゃない、テレビをすぐつけてしまうとか。だいたいトコトコ歩いてなんか行っても車はブーブーだし、昔みたいにひょろひょろ考えてなんか歩けないよね。

思い出すのって、あの学校のげた箱の角のところがひやっとしていたなとか、帰ってくる橋のところで夕方になったとかっていうこと思い出すね、何か出来事とか、

何かやっている自分なんて思い出さないよね。

☽ うん、あなた小さい時から、一人でいるの好きだった？
たとえば学校の帰りなんか、だれかと一緒に帰りたくなかった？

★ もういやーだった、一人って。私今でもいやよう。

☽ だけど、小さい時から一人で鞄もって、カツカツって帰る人もいたわね。それが秀才だったら何か孤高の人って感じですてきなんだけど、さえないのが一人で帰るとみじめなんだよね、かわいそうで淋しそうで。

★ そうだったわね。

☽ あなた友だちとけんかして絶交しちゃったことある？

★　絶交したんじゃないけど、自分が不用意に人を傷つけてしまって、つきあえなくなって、いまだに気にかかっていることある。いつかその人に会いたいもんだと思っているんだけど。

高校の時にすごーく仲よかった人なのね、その人、いー人なのよ、表と裏がない、いー人で、私につねにその人がついていてくれてるって感じなのね、ほんとうに献身的な人でさ(笑)。学校の帰りなんか、私こっちで、その人あっちなんだけど、私夕方になるとほら、ぐちゅぐちゅになる人だから、その人わざわざ、遠まわりして自分がのる電車じゃないのにのってつき合ってくれたりするいい人だった。

それで卒業してわりとすぐに、友だち同士で集まったの、それぞれ私服で、めいっぱいはなやかにして来てたのね。その時彼女まっ白いワイシャツに紺のスカートはいていて、地味なかっこうしていたんだよね。その時私が「なによ、そんな苦生みたいなかっこうして」っていったの。

私その人を傷つけるつもりじゃなくて、その人すごく似合っていたのよ。でもほかの人めいっぱいのおしゃれで、彼女自身気にしていたかもしれなかったのね。それがすごくその人傷つけたんだと思うの。

☽ その瞬間わかった？

★ わかんなかった。それ以来、その人その集まりに出て来なくなった。それ以来一回も会ってないの。
私ことあるごとにすごく気になっているんだよね。
絶交っていうんじゃないけどね。

☽ あなた友だちとけんかして別れたことある？

★ 表面的にはない、だんだん疎遠にしていっているわね。
あの、節操のない人間関係っていう人いるじゃない。私やくざみたいな人だから、人の恩義とかあるじゃない。そういう恩義忘れてしまうっていうか、ない人っていうのいやなの。そういう人とはつき合わなくなるわね。

☽ 私、その恩義、過剰に感じられちゃうと困るのね、そういうのって仕事のことで多いじゃない。私はその人の仕事がいいからと思って、たまたま紹介してそれはきっかけにすぎなくて、あとはその人の実力じゃない。それを、もう盆暮れに何年も何か送ってくれるともういやなのよ。

★ そういうのは、その人にとってはたいしたことではなくて、そういう人が何十人もいる中の一人でキカイ的に送って来るだけかもヨ。

☽ アハハハ、あなたは筋通すのね。

★ そうそう。

☽ アハハハハ、あんた〃公〃には筋通すくせに、プライベートにはもう男になんか筋通さないのネ。

★ アハハハ。あなた友だちの中で、関係のうすさ厚さってのないの？

☽ あるよ、なんではかると思う？ あいつなら、いくら金貸してやれるか、あり金全部はたくか、借りてでも用立てるとか。こういうの育ち悪いんかね。

人間に慣れる

★ 友だちって、年月かけてつき合っていくものなんだけど、その年月の速度が、同じようにスムースに流れていかない時があるんだよ。体験とか仕事とかが、くいちがいがあるとギクシャクしちゃうことがあるんだよね。

☽　あなた子どももいないから子どもの話されると困るでしょう。

★　何かそのことがらが一般的な問題持ってる話題だったらいいんだけど、ただ一方的に子どものおはなしされちゃうと、見たくもない人んちのアルバム見せられてるのと同じでしょう。

☽　じゃあ、あんたが男の話をすると、男のいない人は男のアルバム見せられているみたいでいやなんだろうね。

　男ってさあ、すべてを仕事ではかるじゃない。かわいそうだね。社会生活しかないんだよね、社会生活しかないっていうのは感情生活がないんじゃない？

★　あんたね、おかしいことがあるの。朝散歩するじゃない、そうするとじいさんたちって、必ず何かやってるんだよね。六時になると突然ラジオ体操なんかはじめて、ベンチでラジオ持って鳴らしていた人にどうもありがとうございましたなんていって、人のラジオでさ。アハハハ……。きまりの中で義務感がないと困るの。それで、団地の自治会かなんか知らないけど、朝必ず十人くらいのじいさんとバアさんがビニールの袋持って、道の向こうからザーッとゴミ拾いに歩いて来るの。すると男はすごくまめに、ゴミをセッセとひろってるんだけど、バアさんはたまーに五十メートルに二回ぐらいすいがらなんか拾うみたいでさ。あとペチャクチャしゃべってるんだよね(笑)。

一生みてみると、男ってまじめでかわいそうだよねェ。あれ、男のことばのせいだと思うんだけど、男のことばは、伝達とか承認とか、機能としてあるんで会話じゃないんだよね。無意味な会話をしてないんだよね。必ず、目的と結果があってさ、役割がなくなると、ことばが機能しないんじゃない。

女は、赤ん坊が生まれると、ことばなんか通じないのに、アワワワとかことば以前に感情伝えようとするじゃない。男はあんまり赤ん坊に話しかけたり動物にはなしかけたりしないじゃない。

☽　ホモはするじゃない。

★　ホモは精神構造がちがうから。

☽　男ってどうにかしないと気の毒よね。バス旅行になんか行くと元気なバアさんがドッと出てきて、じいさんは家に置いとかれているんだよ。

★　そうなんだけど、もう女は、男をどうにかせにゃならんなんて親切心もなくなって来てるところもない？　アハハハハ。

うちの母なんか八十歳になって友だちがあってほんとうによかったっていってるもんね。

☽　ほんとうは子どもの時なんか友だちいらないのかもしれないよ。

★　うん、あれは遊べればだれでもいいんだよね。

☽　遊ぶ道具なわけじゃない？　でも年とって友だちがいるかいないかっていうのは、その人の若い時からの人との関係のもち方によるんだよね。

★　あなた人に裏切られたことある？

☽　おとなになってから？　ない。それ、何を裏切りかって幅によるんだよね。

★　子どもの時なんか、さっきまで親友っていうのがコロッと向こうのグループになんか行っちゃって、私の悪口いっているなんてしょっちゅうあったよね、あの時の絶望感というのはきつかったよね。

子どもの時って、なんかそれのうるし塗りみたいに、何回も何回もやられたし、きっと私もやってたんだろうと思う。あれがなかったら、人間っていうものに慣れて行けないのかもしれないね。親が仲よく遊びなさいっていうけど、あんまり仲よしだけだと困るんじゃないかなあ。

★　現実の認識っていうものやっていくんだよねェ。なんか、自分の思いどおりにならない理不尽なことをのみこむっていうか。

ちっこいシカトなんか毎日しょっちゅうあったねェ。

自分勝手ばっかり

★　私、不機嫌になっちゃうとどうしようもなくなっちゃうんだよね。人がいて、楽しくもり立てようとするんだけど、どんどんのめりこんでいってしまうんだよ。

☽　あなた基本的には不機嫌な人だよ。

★　あなたは？

☽　私、不機嫌っていうより、不愛想なんだよ。

★　あなたが不愛想になっちゃう時ってどういう時なの？

☽ 外国人がいる時よ。

★ 外国人がいなくてもあんた石みたいにどす黒くなってることあるよ。
あなた興味がないことに露骨に興味示さないわね。世間のほとんどの人は、人前でそんなに不機嫌にならないわよ。

☽ ねえ、みんなどこで習ったの？ 興味ないことににこにこあいづち打ったり、うなずいたりするの。

★ それが世間の常識ってものでさあ、あんたそういえば、いっさいそういうことしないね。ひやひやすることあるよ。もうちっとどうにかしたら？

☽ もう間に合わないよね。

★　間に合わないわね。

☽　ねえ、おなかすいた？

★　そうね、すいたといえばすいたかしらね。

☽　うどんでもたべる？

★　あんた、うどん好き？

☽　そーめんのほうがいい？

★　私ね、そーめんはいやなの。ひやむぎのほうがいいの。

☽ ほとんどかわらないじゃん。

★ そーめんなら太めのほうがいい。

☽ 太めのそーめんならひやむぎじゃん。

★ 何があるの？

☽ 昨夜ののこり。私まぐろのさしみのしょう油漬け好きなの。

★ それとごはんたべる。いかのさしみはどうする？
あ、そうだ、あれ、いためてさ、ちょっとにんにく入れて、バター入れて。

☽ わかった。

☽　昨夜と同じごはんだ。

★　いいのよ、いいのよ、生活ってこういうもんじゃん。あのさ、女は、年とって女同士一緒に住んでもやってけるけど、男が年とって一緒に住んだら、どう見てもホモとしか思わないよね。不便なもんだね男って。

☽　肉じゃがとけちゃったよ。

☽　私、あなたと友だちになったの新しいんだよね、十六、七年前からだし。私の友だちの中では珍しいんだよね、最初は仕事たくさんさせていただいたんだけど、あとは仕事と関係なくなったじゃない。

★　私、人見知りするんだよ。なかなか人と親しくならないんだよ。

☽ 私はじめて会った時、あんたの会社でだったんだけど、すごい人東京にはいるんだなあって、東京に出てきて、十年以上たってるのにさ。あんたごみ箱に腰かけて股ひろげて、タバコプカプカやって、年上のおじさんのえらい人に、なんだか、教えさとしているみたいにしてたんだよ。なんだか、すごく珍しい見せ物見させてもらった感じで感心していた。こわそうだったよ。

★ もう忘れたけど、なんとなく気に入ったのよ。私、気に入るのがまれなのよ(笑)。

☽ ありがとう(笑)。

★ 私、用心深くて、人と少しずつジャブ出しながら、だんだんわかってから友だちになるんだけど。私、相手が裸になってから、少しずつぬぐっていう(笑)。

☽　なんだかいやらしいわね。

★　気がついたら、裸でからみ合っていたという（笑）。

☽　すごいこといわないでよ。

★　あんた無防備なんだよね。

これは、ある種の恋心というのに似ていて、これが男と女だったら恋愛に移行して行ったわね。私はね、友情と恋愛はほとんど同じだと思うのね、ほら、なんにもないところに芽がプッて出てくるようなもんでさ。女と女だから愛しているとかいわないでさ、気に入ったとか、気が合うとか、ウマが合うとかいうんじゃない。友だちになっていくのと恋人になっていくのと過程が同じなんだよね。

☽ ふーん、あんた独特なんじゃない。そういえばあんたすごく親切だった。

★ そうでしょう。

☽ あんた公私混同してくれたのね。あのね、あんたが「キンチャン、インタビューに行く」って、私、ミーハーだから見たいっていったら、フジテレビに連れていってくれた。

★ 私、通常だったら、そんなことゆるさないわよ。だから、私、友だちになると、その人がだれかとけんかするとするじゃない、友だちが黒でも、白だといって絶対にいくるめて白にしちゃうの。もうやくざと同じになるの。

☽ ハハハハハ、キンチャンっていい人だったね。あの人もうこちら側に気つかいまくって、カメラマンなんかに「お仕事すんだら、さっさと帰っていいのよ。無駄なことしてここにいることないのよ」なんていうのよね。

★そうね、あの人いい人だったね、あっちが気つかいまくるもんで、二時間ですごく疲れちゃったけど。

☺それで、あなたの友だちのところに休みに行ったのネ、イチゴ買って。そしたら、その時、あなたが昔私子役のスターだったのよっていったでしょ。そしたらその友だちが昔から友だちだったけどそんなこと聞いたことないって。それで、気をつけて顔みたんだよね、「少女クラブ」だかなんだかの表紙でこんな大きなちょうちょみたいなリボンつけてたって、はなやかな過去がある人だなあって。私ミーハーだから感心しちゃった。

私、友だちとあなたと引き合わせたんだけど、あなたすごくむずかしい人なんだよ（笑）。人と引き合わせるの。

★　そういえば、だんだんに人と人が友だちの輪ってなるのにならないのね。

☽　あんたのほうがむずかしいんだよ（笑）。あんた私のとこで私の友だちにずいぶん会っているんだけど、ぜんぜん友だちにならないじゃない。

★　ほら、私、仁義を重んじるから、テリトリーをおかさないって（笑）。

☽　ほんとうにやくざだね（笑）。

★　私なんか、あんたの自分勝手が、どれほど頭に来てるか。

☽　え、私、自分勝手？　そういえばこのごろ自分勝手だなと思うようになった。

★　あれは生まれつきだよ。

☽ 具体的にいってごらんよ。

★どれを？（笑）

☽ アハハ、どれでもいいから（笑）。

★あんた、いつか、うちでパーティーみたいのやったとき、私なんか、ごちそうたくさん作って、友だちなんかもむずかしいあんたに合わせるようにして、待ってたら、ぜんぜん知らない自分の友だち連れてきて、そして、やれやれ来たと思ったら、五分もしないで男から電話がかかってきて、連れて来た友だち置いて、男のところへ行っちゃったじゃない。あの置いとかれた友だちの身になったら、ずい分変なものだわよ。

☽ アハハ。

★ でも、あの女もたいしたもんだったわね。なんか動じないっていうか。

☽ そのあと、あんた、私の悪口だけえんえんと何時間もいっていたって。

★ あたりまえよ。あんた、あんなことして、あの人からおこられたりしないの。

☽ ぜんぜんしない。私だって、昔、あの人のお役にすごく立っているから。あの人さ、学生時代に男と泊まる時かならず、私のとこ泊まっていることにしてたの。男もいない私が、「わかった、わかった」って(笑)。親なんか、私のこといい友だちと思っているんだよ。いい友だちがいちばん悪い友だちなんだよね。

私からみればあんたなんか、もっと自分勝手と思うよ。

★だけど、具体的な悪さは私はしないから、人は私を非難しにくいのよ。

☽その分だけ、もう根っから自分勝手。存在そのものが自分勝手で出来あがっているよ（笑）。

★だけど、非難しにくいでしょう（笑）。

☽私、寛大なの。人格者じゃないから寛大なの。私は自分勝手だから、人の自分勝手も許す。許すから私も許して欲しいという下心見え見えの寛大。

★私は、こうあって欲しいと思うイメージから、人がはずれて欲しくないのよ。あんたもうほとんどみっともないわよ。子どものことと、男のこととなると、見たくないって感じ（笑）。

　あんた、子どものことと男のことがなければ、もう傑出した人物だよ（笑）。

☽ 私、傑出した人物になりたくないのかなあ。

★ ああ、私、狭量なの、性質が悪いんだよ、だんだん親に似てくるの、いやだいやだ。

　あのね、今日、北海道から絵ハガキが来たの。ライラックの花が咲きました。さびしかったボクの心にライラックが咲いた。妻も元気で笑ってますって。一年に一回くらい、風みたいに絵ハガキ来る人いるじゃない。別にそれほど親しい友だちじゃないけど、なんか、心うれしいのね。遠くだったりすると、ああ、あんな遠いはるかなところにもつながりがあると思うと、世界とかと自分と関係ある宇宙だってあるってすごく安らかにならない？

　北海道のライラックとうちのタンポポだってつながっているって何か思えてしま

うよ。すごく親しい友だちがいて、はるか遠くのところにもパラパラ淡い光みたいな友だちがいるのいいじゃん。そういう時、私、寛大になって、広々した気持ちになる。うん。私、狭量なだけではない。

それからね、この間ね、街歩いていたら、タコ焼き屋のおじさんが、突然「ガチョウ」っていうの。私の小学校の時の友だちなの、卒業してはじめて会った。ガチョウって私のアダ名なの。すごくなつかしかったわあ、そしたら食えよって、タコ焼き一皿くれるの。私、道にしゃがんで、タコ焼き食っちゃった。「おメエ、ゼンゼン変わらないじゃん」。それで見たら、その男ハゲちゃっているのに、昔と同じ顔しているの。「あんただってゼンゼン同じじゃないの」なんて二人で道ばたにすわって笑っちゃった。「元気でやれよウ」なんていって、「あんたもねエ」なんて手振っちゃってさ。ああいうのも、なかなかいいもんだわあ。うん。

終戦は小学校一年の夏だった。考えてみれば一学期だけ小学校一年をやったことになる。中国人の小学生がどやどやとはいって来て、階段ですれちがった。中国人の子どもたちはものすごくうれしそうなピカピカ光る目をしていた。私たちはどんな顔をしていたのだろう。

私は小学校一年生の時の友だちで、苗字を覚えているのは花畑《はなはた》君だけである。花畑××という××の部分は覚えていない。花畑君は級長で、私と並んでいた。花畑君は時々授業中に私のスカートの中に手をつっこむのである。私はひじょうに困る。声を上げると私が先生におこられる。私は心底腹を立てて、花畑君をにくんだ。しかし、花畑君は私が忘れ物をすると、「とりに行こう」と休み時間に一緒に私の家まで走ってくれた。ずっと手をつないで、ハアハアいいながら走る時、私は花畑君が大好きだった。

それ以外私は何も覚えていない。学校へ行かなくなって、私は花畑君に一度も会っていない。入学式の時の写真があるが、どれが花畑君かわからない。どんな家の子だったのか、兄弟がいたのかいないのかわからない。

スカートに手をつっこんで来る困惑と、手をつないで走った時のうれしい気持ちしか覚えていない。もう一人絹子ちゃんというかわいい子を覚えている。絹子ちゃんの苗字は知らない。学校に行かなくなって、家が近かった絹子ちゃんの家に時々遊びに行った。

絹子ちゃんのお父さんは戦争に行ったきり帰って来ていなかった。肺病のお母さんがいつもふとんをしいて寝ていて、小さい妹がいた。絹子ちゃんは、学校でも静かだったけど、家ではもっと静かだった。小さい妹も、静かだった。家の中がシーンとしていた。時々お母さんが、ねまきの上に、きれいな大きな花がついている羽織りを着て座っていたりすると、絹子ちゃんはパーッととてもうれしそうな顔をした。

絹子ちゃんも妹も、私には人形のようにきれいな子どもに見えたが、花のついた羽織りを着て座っているお母さんは、ほんとうにいる人みたいではなかった。ずっとあとになって竹久夢二《たけひさゆめじ》の絵を見た時、私は絹子ちゃんのお母さんを思い出したが、私は絹子ちゃんのお母さんのほうがもっときれいで、もっとやさしかったと思った。

ある日絹子ちゃんのお母さんは、火鉢にフライパンをのせて、豆腐をうすく切ったものを焼いていた。白い細い指でおはしを持って時々豆腐をひっくり返した。絹子ちゃんと妹と私は、火鉢のそばに座って、じっとフライパンの中の豆腐とお母さんの手を見ていた。

しばらくして、母親が絹子ちゃんのお母さんが亡くなったといった。私は、黙ってそれを聞いた。私は、きれいな人は死んじゃうんだと思った。六歳の私は、何をする方法も知らなくて、ただ黙っていた。

街には、浮浪児がうろうろたくさん出て来るようになっていた。

それから私は、引き揚げて、何度も転校をして、中学生になった。少しずつ大きくなるに従って、絹子ちゃんのことを思い出すと、息が止まるように胸が痛んだ。

おとなになって子どもを持つようになってからは、もっとひどくなって、涙が出てくるようになった。

私が小学校を卒業したのは静岡で、私は小学校の同窓会には静岡に行く。静岡の友だちは生まれた家にずっと住んで、親の商売をついで、若旦那になった人もたくさんいた。彼らは小学校の友だちとずっと友だちをやっている。中年のおじさんになっても、小学校の時の友だちと夜になるとつるんで飲み歩き、時々私が行くと、「オウ、サノかあ、待ってろよ。今みんな呼んでやるからな」とすぐ電話を何本もかけてくれる。

私は寿司屋をやっている友だちのところで待っていると、昔、野球をやったりなぐり合いをやったりした男の子たちが、すぐ集まって来る。銀行員になっているのも教師になっているのも、赤ちゃん用品店の主人もいる。「ダッチョウ」とか、「ガマ」とか、「ガンス」とか昔のあだ名を呼んでいる。あいつらはずっと友だちやっているんだ。昨日も寿司屋で飲んでいたことがわかる。なかなか嫁さんが決まらない洋服屋のむすこに、みんなで何度も見合いをさせている。

友情とは年月のことである。子どもの時はたがいが遊び道具であっても、年月が人生を教える。私は友だちをわたり歩いて、たくさんの友だちをつくった。年を取ったら一緒に養老院に行こうといい合う友だちも持って、いい友だちを持った幸せを感じるが、静岡へ帰って、生まれた土地で、ずっと毎日何十年も友だちやっている同級生を見ると、地面からはえている林のようなうらやましさを感じる。

子どもの時代は、その時その時が燃えつきていた。その時その時の喜びも悲しみも体中に行きわたり、体中に行きわたるからこそ、それは喜びであり悲しみであった。ありとあらゆる感情の素、恥ずかしさや、屈辱、憎しみ、裏切り、羨望、尊敬、あこがれをまるごと食った。食って、それが栄養になるのに何年もかかり、中には何十年もかかることがあった。

体で覚えた感情というものは、理解とはまるでちがうものである。私の子ども時代の体験は、どの子どもも体験したであろう平凡なことであったが、その平凡さが無かったら、私は平凡なおとなになることが出来なかっただろうと思う。

しかし、私はやはり、小学校の時の中国で知り合った友だちと二度と会えなかったということを、ひじょうに残念に思う。生まれた土地で、小さな芽がそのまま大きな木に育つようなことがなかったことを、さびしいと思うことがある。なぜなら友情は持続であるからで、私たちは死ぬまで生き続けなければならないからである。

人が生き続ける時、人は一人では生きられない。人は調子のいい時は一人で生きているつもりになっていることもあるが、身にあまる幸せな時、その幸せは一人のものではなく、だれかによって与えられたことに気がつく。あるいは、どうしようもなくよれよれになった時、ふらふらと人のところに寄って行き、つかの間の、支えを要求することがある。ぶちぶちとぐちをこぼして、ゲロを吐いて、気分がよくなることもあるし、人のゲロを雑巾でふいてやることもある。人のゲロを始末するのも人生の大きな喜びである。

中学生の私の友だちにいやみをいった母親は、七十歳をこえた。

時々家に来る母親は、私の家で、私の友だちに何人も会う。母は、「あなた、ほんとうにいい友だち持っているわねえ」と心底感心したようにいってくれる。私が、騒々しくてかなわないと思っている友だちに母はいったそうである。「あなたが来てくれているとほんとうに明るくなる。あの子陰気で神経質だから、あなたがいるとほんとうに安心するわ。よろしくつき合ってくださいね」。

騒々しい友だちは、「いやいやそんな、まかせておいてくださいって答えておいたからね」とうれしそうにいった。その母も七十歳の時、胃を五分の四切り取る大手術をした。その母に一カ月もほとんどつききりで看病してくれたのはやはり七十の母の友だちだった。

胃を切り取ったあと、母は友だちに手を握られながら、私たちに、「あんたたち、仕事があるでしょう。帰ってもいいわよ」といった。私たちは母の友人に、「ほんとうにすみません、何から何まで。よろしくお願いします」と頭を下げて、それぞれの生活にもどって来た。母は友だちに、「子どもなんてあてにならないわ」といっていたかもしれない。多分母のことは、家をはなれてしまった実の娘よりも、母の友だちのほうがよく理解しているだろうし、現実的な支えになっているのではないかと思う。

私たち子どもは、母の友人に足を向けて寝ることが出来ない。つれ合いをなくして四人の子どもを育てあげた母親に、友だちがいなかったらと考えるとぞっとする。

私はいつまでたっても母親にとって理想の娘にはなれないでいる。親不孝な娘は、母が時々友だちと温泉などに出かけてくれると、よかったよかった、母さん友だちがいてよかったと安心するのである。

「おばさん、あんなわがままな母さんに何から何までほんとうにありがとうございます。今後ともよろしくお願いします」と頭を下げる。「何をいっているのよ、洋子ちゃん、私だってお母さんにはいろいろとお世話になっているのよ、おたがいさまよ」といわれるとほんとうにうれしい。

私は母の友だちに母より長生きをしてほしいと、身勝手に考える。

母の友人は、母の生き方と人との関係の結び方が作った母自身のものである。

私もやがて、すぐ母の年代になるだろう。

その時、よろよろよろけながらも、温泉場にともに行ける友だちをしっかりつなぎとめておこうと思っている。

あとがき

友だちがけがをして入院したことがあった。私はその友人を私の友だちの中で、あんまり大切に思っていなかった。見栄っぱりで、うそつきで派手好きで、かっこばかりつけるばかな奴と思っていたのである。時々は、つき合っているのは時間の無駄だと思ってさえいたのである。

友だちは鼻の骨を折って、顔の真ん中を白いほうたいをぐるぐる巻きにして、ベッドに横になって、私の顔を見ると、ほうたいからはみ出した目と口で笑って「イテテ」といって笑った。「どうしたの」「ベンキ」「ベンキがどうしたの」「ハナ、ベンキ」「あほじゃない。ベンキで鼻折ったの、どこの」「いえない。イテテ」

怪奇映画の主人公のように友人は口をゆがめた。その時、私は涙があふれて来たのである。アンタ、死ぬんじゃないよ。絶対に死なないで。ほうたいを顔の真ん中に通過させている友だちは一瞬にして私を了解させた。

この人は、私のばかなところ、だめなところ、いやなところ、くだらないところを引き受けてくれていたのだ。この人がいなかったら、私のいやなところ、くだらないところは行き場を失って、私の中にあふれ返って生きてはいけなかったのだ。立派な尊敬にあたいする友人だけを持っていたら、私はなんと貧しい土に生きている生き物だっただろう。二人で過ごしたおびただしい無駄な時の流れ、その無駄を吸い上げて、私たちは生きてきた。

おみやげの梨を、「こんなものいらない、持って帰って」「絶対に持って帰るもんか、死んでも持って帰らない」と投げ合い、二人で泣きながら、「あんたなんか、もう二度と顔みたくない」「私だって、絶交すればせいせいする。すっきりするわ」といって、ドアがこわれるかというほどたたきつけた日があった。

私がおなかを手術して入院していた時、私は抜糸もすんでいないおなかをかかえて、公衆電話から、「病院に払うお金貸して」と電話したことがあった。私の見栄が他の友人ではなく彼女をえらんでいたのだ。

突然夜中に、「今日、私、あなたのところに泊まっているんだからね、よろしく」といわれると、「わかったわよ」といっていた。彼女もまた立派ではない私をえらんでいた。

考えてみれば、友だちというものは無駄な時をともについやすものなのだ。何もしゃべることなぞなく、ただ石段にすわって、風に吹かれて何時間もボーッとしたことのある友だち。失恋した友だちにただふとんをかぶせる事以外何も出来なかった日。中身が泣いているふとんのそばで、わたしはかつおぶしをかいていた。人を待たせる友だちになれて、喫茶店で本を読んでいた無駄な時間。しつこいはえが、私のまわりをブンブンとびまわって、私はいらいらしていた。私ははえばかりをにらみつけて、本の続きを読むと、もう読んだところばかり何度も読んでいた。友だちというものはお金になるわけでもなく、社会的地位向上に役立つものでもない。もしそのように友人を利用したら、それは友情とは別のものである。結果として友人があたえてくれるさまざまな目に見えるもの見えないものがあったとしても、決してそれが目的ではない。

トマトを作ろうとすれば、トマトは地面に生えていなくてはならず、雨も、太陽も必要である。トマトだけを考えれば、土も雨も太陽も無駄である。(トマトを水だけで作るものを本屋で売っているけど、変だと思いません?)だから、私たちは太陽に感謝し、土に感謝するのである。土なんかきたなくていろんなものがごっちゃごちゃにはいっていて、バイキンだってくさった魚だって混っているのである。

私は鼻をほうたいで巻いた友人の泣き笑いで、ひれふして何かわからぬものへ感謝したい気持ちになった。無駄なものなぞ何もないのだ。人も土であり、太陽であり、雨なのだ。私は無駄なものが好きだったのだ。すぐには役に立ちそうもないものや、何に使ったらよいかわからないものが好きだったのだ。能率や、成績や進歩に直接かかわらないものが好きだったのだ。それがいちばん大切なものだったのだ。やがてそれらのものが年月を経て、あらゆる無駄なものを吸い上げて、それぞれの人が、その人に見合ったトマトを実らせていくと信じていたのだった。

インタビュアーになってくださったのは、谷川俊太郎《たにかわしゅんたろう》さんです。原稿を読んで谷川さんは、私の友だちとのかかわりをひき出すために、谷川さん自身のことをお話しくださったので、ご自分の部分は割愛させてほしいと申されましたが、私は、あえて収録をお願いいたしました。

男と女の違いもありますが、人とのかかわり合いも個人によって、まったく異なるということが、たいへんおもしろかったからです。私は、「谷川さん、あなたが異常なのですよ」といっていますが、私もまた、谷川さんから見れば、異常に人に接近してゆく病気持ちなのかもしれません。

人は近よって見れば、すべて普通ではないというのが私の考えですが、それがその人固有のパーソナリティーだと思います。

「ねえ、わたしと話してくれる?」「なんでもしてやるよ」と中身もきかずに泊りこんで話してくださった小形桜子さんは、「原稿見る?」と聞いたら、「いいよ、いいよ、なんでも好きにして。うそでもつくり話でもあんたの好きなようにして」

といったのです。だから、そうしてしまった。ありがとう。

私の人とのかかわりの歴史や考え方が、だれにも共感を得るものだとは決して思ってておりません。私のような場合もあるし、人それぞれにさまざまな場合を生きているものです。似た者同士であれば共感し、珍しいものであれば、異なるものを理解する糸口になったらうれしいと思います。

解説　昔、友だちがいたという小さな幸福について

亀和田　武

　この二、三年、友だちのことを考える機会が多い。オレらしくないな、と思う。私には仲の良い友人がほとんどいない。それでも十年前までは、親友と呼べる男の友だちが四人くらいはいただろうか。それがいまでは、一人か二人、いるかいないかだ。それでも寂しいと思ったことはなかった。

　なのに最近、友だちのことを思う。あるいは友だちって何だろうと、ふと考えたりする。五十代も半ばを過ぎると、大昔に高校や大学で机を並べた連中がバタバタ死んでいく。バタバタは大げさだが、一年にひとりかふたりの割りで、かつての同級生の死が伝えられる。何か月もたってから、酒の席で知ることもある。公的な役職についていたり、マスコミ関係の仕事をしている場合だと、新聞の訃報欄でその死を知ることになる。

　高校のときの知り合いに一人マメな男がいて、同級生が亡くなると葬式の日時その

他をすぐにメールで友人たちに教えてくれる。

深川だか浅草の大きな料理屋の息子が病気で死んだときは、電話までかけてきてくれた。「アイツ、家を継ぐのが嫌で飛びだしてからは、仕事も失敗つづきでさ。最後は看取る人間もいなかったらしいんだ。オマエの近所の駅だから、もし時間があったら線香をあげに来いよ」。高校時代はたまにグループで遊んだこともあったが、卒業してからは一度も会ったことがない。その程度の付き合いだったので、「うーん、ちょっと……」と言葉を濁して辞退した。

マメな性格の男はいまは歯医者で、私も年に二、三度は彼のクリニックに通う。歯の調子をみてもらいに久しぶりにいくと、葬式には誰と誰が来ていたかを教えてくれた。非難するようなニュアンスはいささかも匂わせず、淡々と葬式の様子を伝えてくれたのだが、そんな彼をみていると「オレは薄情なんだろうな、きっと」と思う。

だから友だちも少ししかいないし、ほんのひと握りのその友人たちもどんどん失っていく。そして、そのことを寂しいとさえ感じない。そこにまで思いが至ったとき、初めて哀しさが、ほんのちょっぴりだが湧いてきた。

ゴメン、ちょっと話を急ぎすぎたかもしれない。この本は、もともと中学生、高校生の読者を想定して作られたシリーズの一冊だったようだ。その年齢の子どもたちが加害者となる凄惨な犯罪や、逆にイジメで自殺する事件がたてつづけにおきると、テレビの画面は急にやかましくなる。教育や犯罪、そして心理分析の専門家たちが、学校や親の責任を声高に責めたてる。なかには、イジメにあった生徒の側に問題があったときめつける人間まで出てくる始末だ。

わかっちゃいねえな、と思う。みんな所詮、他人事なのだ。なのにというか、だからというべきか、誰もがコーフンして自説を妙にスムースに、つっかえることなくマイクに向かって淀みなく喋りつづける。ちょっと冷静になれば、いますぐ飛んでくるわけもないことくらい自明な隣国のミサイルの脅威を訴え、他国の独裁者をヒステリックに非難する光景と、それはどこか似ている。

そうしたマスコミ文化人たちと、この本の話し手である佐野洋子さんとは、問題の核心に迫るアプローチのレベルが、もうまったく違うなと思わせる箇所があった。中学に入り、ようやく仲の良い友だちができて、ともかくちょっとでも長いこと一緒にいたくて仕様がない。そのころを振り返った一節だ。

「そう、もう、なんでもかんでもその友だちといるのがいちばん楽しくて、重大なことなわけ。（中略）休みになると、自転車のって、また、昨日の続きをえんえんとやるのね、もう家の中になんかはいるひまなんかないくらいでね、門の前で立ったまんま、夏なんか蚊が来て、ピチャピチャたたきながらでもやるの。何時間でも」

ワクワクするような気分が、読み手である私たちにも伝染してくる。さらに、この直後にシビれるような語りがつづく。

「今でもよくいるじゃない、コンビニエンスストアーの前で、いつまでもしゃがんでいる中学生の男の子たちが。気分はまったく同じだと思う。

あれ見ると、何か、胸かきむしられるように切ない(笑)」

別に子どもの味方をしてくれなくってけっこう。それどころか〝子どもは被害者です〟といったうわっつらだけの言葉をテレビでシレッと喋っている人間がいると、このインチキ野郎め、と反発を覚える。でもね、「少年問題」を語るんなら、せめてコンビニの前にたむろして、ロクでもない話を延々としながら、でも夜遅くまでその場を立ち去ることのできない中学生の気分に同調できなきゃ、その資格はないんじゃないの、と私はあらためて思った。「あれ見ると、何か、胸かきむしられるように切ない」。すごいね、読んでいる私まで、胸かきむしられるように切なくなった。

毎日のように会って、何時間も他愛ない話に興じる。そんな友だちが、十代のころに一人できた。その後も、ほぼ十年周期で親しい友だちができた。もう大人になっていたから、さすがに毎日会うことはできなかったが、一週間に一度は街で会ったり、お互いの家を往き来し、二、三日おきに長電話する友人が、二十代、三十代、四十代と、必ず一人は現れた。ともかく話しているだけで、うれしくて仕方ない。そんなふうに闇雲に友だちを求める気持ちが鎮まったいまの私にも、「友だちは無駄である」の言葉がスッと届いてくるのは、佐野さんが手垢にまみれた常識や正義や一般論なぞ、振りかざさないからだ。

さっき引用した箇所の少し後で、聞き手の谷川俊太郎さんが「そうなると親にもいえない秘密みたいの出てくるわけ?」と質問する場面がある。間髪を入れず、佐野さんが答える。「あたりまえでしょう。親は敵なんだから」。一番、大事な勘どころを、たった一言で表現するセンスの冴えがかっこいい。

親も教師も敵だ。この当たり前のことがわかっていない大人の、なんと多いことか。イジメ事件が報じられるたび、「学校や親に、事実を伝えてくれれば、悲劇は防げたのに」という一見マトモな意見が出てくる。学校生活を要領よく無難にやり過してきた元・優等生たちがいいそうなセリフだ。不器用にしか友だちや学校と渡り合えない生徒にとっては、親や教師に秘密を知られることは、何にも増して耐えがたいほどの屈辱だということが、鈍感な元・優等生たちには理解できない。

酷い事件が起きたとき、彼らは決まって、鈍いコメントを口にする。「残された生徒たちの心のケアが必要ですね」。心のケア。こんな薄っぺらな言葉を平気で口にできるインチキな連中を信用しちゃ駄目だ。

あれほど仲の良かった、お互いを必要としていた友だちも、一人また一人と遠去かっていく。別に喧嘩をしたわけではない。お互いに仕事や家庭のことに時間をとられるようになったり、環境が変わったり。もしかすると、性格も変わったのかもしれない。もちろん相手だけではなく、私も。そうやって、いつのまにか距離ができ、気がつくと会わなくなって何年もがたっていた。

そんな彼らのことを、ときどき思いだすことがある。そんなとき、すこし寂しく感じるようになったのは最近のことだ。でも彼らの顔を思いだすと、うれしい気持ちになることの方が多い。懐かしさが、じんわり身体に浸みとおってゆく。もう私の手の届くところにはいない、昔の友人たち。しかし彼らが私のかけがえのない友だちだったことを私は忘れていない。彼らと友だちだった。その思い出があるだけで、私はちょっとだけうれしい気持ちになることができる。

本書は一九八八年八月、小社より「ちくまプリマーブックス」の一冊として刊行された。

ちくま文庫

友《とも》だちは無駄《むだ》である

二〇〇七年二月十日　第一刷発行

著　者　佐野洋子（さの・ようこ）
発行者　菊池明郎
発行所　株式会社　筑摩書房
東京都台東区蔵前二―五―三　〒一一一―八七五五
振替〇〇一六〇―八―四一二三
装幀者　安野光雅
印刷所　三松堂印刷株式会社
製本所　株式会社積信堂

乱丁・落丁本の場合は、左記宛に御送付下さい。
送料小社負担でお取り替えいたします。
ご注文・お問い合わせも左記へお願いします。
筑摩書房サービスセンター
埼玉県さいたま市北区櫛引町二―六〇四　〒三三一―八五〇七
電話番号　〇四八―六五一―〇〇五三

ISBN978-4-480-42309-2 C0195